キミと、いつか。

おさななじみの“あいつ”

宮下恵茉・作
染川ゆかり・絵

集英社みらい文庫

ベビーカーに乗《の》せられて。
幼稚園《ようちえん》のおゆうぎ会《かい》で。
そして、小学校《しょうがっこう》の運動会《うんどうかい》で。
わたしのアルバムのなかにはいつも、
あいつが写《うつ》りこんでいる。
そばにいるのがあたりまえで、
憎《にく》たらしいほど、わたしのことをなんでも知《し》っている。

……だけど、わたしはあいつのこと、
いったいどれくらい知《し》っているんだろう？

目《もく》次《じ》＆人《じん》物《ぶつ》紹《しょう》介《かい》

足《あ》立《だち》夏《な》月《つき》

中《ちゅう》1。人《ひと》に流《なが》されやすい性格《せいかく》を気《き》にしている。バレーボール部《ぶ》。お菓《か》子《し》作《づく》りが好《す》き。

恒《つね》川《かわ》あずみ

夏《なつ》月《き》と、クラスも部《ぶ》活《かつ》も同《おな》じ友《とも》だち。ちょっといじわるな面《めん》も。

吉村《よしむら》祥吾《しょうご》

夏月《なつき》の
おさななじみ。
ぶっきらぼうだけど
じつはやさしい。
野球《やきゅう》ひとすじ！

ケン兄《にい》

祥吾《しょうご》の兄《あに》。高《こう》1。
夏月《なつき》にとっても
お兄《にい》ちゃん
みたいな存在《そんざい》。

あらすじ

「おまえさ、自分《じぶん》って
持《も》ってねえの？」

ある日《ひ》、
おさななじみの祥吾《しょうご》に、
ズバリ言《い》われちゃった。

最初《さいしょ》は　ムッ
としたけれど……。

でも、図星《ずぼし》なんだよね。

いつも、
あずみの意見《いけん》に
流《なが》されっぱなし。

人《ひと》の悪口《わるくち》だって
言《い》いたくないのに
つい合《あ》わせて
しまったり……。

そんなとき、バレー部《ぶ》で**事件《じけん》**が!!

あずみの**いじわる**が原因《げんいん》

なんだけど、見《み》られたくない

場面《ばめん》を祥吾《しょうご》に見《み》られちゃった。

こんな自分《じぶん》を変《か》えたい!

思《おも》いきって

あずみに言《い》いかえしたら、

おこらせてしまって……!?

祥吾《しょうご》に報告《ほうこく》したら、

「よかったじゃん」って。

「えっ、なんで??」

わたし、これから

どうしよう……!!

続《つづ》きは本文《ほんぶん》を楽《たの》しんでね❤

1 『楽《たの》しい』中学生活《ちゅうがくせいかつ》

「おまえさ」

祥吾《しょうご》が、低《ひく》い声《こえ》でつぶやく。

日焼《ひや》けした、浅黒《あさぐろ》い肌《はだ》。

太《ふと》い眉《まゆ》の下《した》の瞳《ひとみ》が、まっすぐにわたしをとらえる。

「……自分《じぶん》って持《も》ってねえの？」

その言葉《ことば》に、息《いき》がとまる。

なんでそんなこと、祥吾《しょうご》に言《い》われなきゃいけないの？

おさななじみだからって、わたしのなにを知《し》ってるのよ。

そう言《い》いかえしたかったけど、言《い》えなかった。

だって祥吾《しょうご》の言《い》っていることは、まちがっていないから。

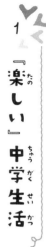

ぎゅっとにぎりこんだ手《て》のひらが、じっとりと汗《あせ》ばむ。

遠《とお》くから、吹奏楽部《すいそうがくぶ》の調子《ちょうし》っぱずれなトランペットの音《おと》が聞《き》こえた。


「夏月《なつき》ー！」

四時間目《よじかんめ》の授業《じゅぎょう》が終《お》わるチャイムがなると、同《おな》じクラスの恒川《つねかわ》あずみがわたしの席《せき》にかけよってきた。

「お弁当《べんとう》、いっしょに食《た》べよ」

「うん！」

答《こた》えると同時《どうじ》に葵《あおい》とゆりなも、手《て》にお弁当袋《べんとうぶくろ》を持《も》ってわたしの席《せき》に集《あつ》まってくる。

「ウチらもいい？」

「もちろん♪」

みんなが机《つくえ》をひっつけようとしている間《あいだ》に、わたしも自分《じぶん》のかばんから、お弁当袋《べんとうぶくろ》をひっぱりだす。

中学生《ちゅうがくせい》になって、はや一《いっ》か月《げつ》。

初《はじ》めての制服《せいふく》、初《はじ》めての部活動《ぶかつどう》……。

新《あたら》しい生活《せいかつ》にも、ずいぶんなれてきた。

だけど、最初《さいしょ》は、不安《ふあん》でいっぱいだった。

だって、わたしのクラスには同《おな》じ小学校《しょうがっこう》出身《しゅっしん》で仲《なか》よくしていた子《こ》はひとりもいなかったし、おけいこなんかで顔見知《かおみし》りの子《こ》もいなかったから。

クラス発表《はっぴょう》を見《み》たときから、新《あたら》しい友《とも》だちができなかったらどうしようってずっと心配《しんぱい》していたんだけど、そんなの、取《と》りこし苦労《ぐろう》だった。

初《はじ》めてのホームルームが終《お》わったあと、席《せき》を立《た》とうとしたら、うしろから声《こえ》をかけられた。

「そのペンポーチ、もしかして駅前《えきまえ》の『ファンファーレ』ってお店《みせ》で買《か》った？」

ふりかえって、その子《こ》の持《も》っているペンポーチを見《み》て、あっと声《こえ》をあげた。

だってわたしと同《おな》じだったから。

ほかにも、シャーペンも色《いろ》ちがいだったし、使《つか》っている消《け》しゴムのメーカーも同《おな》じ。

気《き》が合《あ》うねえって、ふたりで大笑《おおわら》いした。

それが、あずみとの出会《であ》い。

それからは、トイレに行《い》くのも、教室移動《きょうしついどう》するときも、いつもふたりで行動《こうどう》するようになった。

そこへ、同《おな》じくふたり組《ぐみ》の葵《あおい》とゆりなも時々合流《ときどきごうりゅう》するようになって、お昼休《ひるやす》みは四人《よにん》で食《た》べることが多《おお》い。

クラスには、いくつかの女子《じょし》グループができていて、そろそろ定着《ていちゃく》しつつある。

なかには、あえてグループに入《はい》らない一匹狼《いっぴきおおかみ》みたいな子《こ》もいるけれど、そうではなくて、どこにも入《はい》れずにひとりぼっちになってしまっている子《こ》もいる。

そういう子《こ》を見《み》ると、かわいそうだなとは思《おも》うけど、ちょっとだけホッとしてしまう。

それが、わたしじゃなくてよかったって。


「ねえねえ、夏月《なつき》。ところでさ、バレー部《ぶ》、どう？　しんどくない？」

お弁当《べんとう》を食《た》べながら葵《あおい》が聞《き》いてきた。

答《こた》えようとしたら、

「すっごい楽《たの》しいよ。ねえ、夏月《なつき》」

あずみが先《さき》に、返事《へんじ》をした。

「……あ、うん」

つられて、わたしもうなずく。

「そうなんだあ。いいなあ〜。うちの部《ぶ》、けっこう先輩《せんぱい》がきびしくてさあ」

「わかるう。うちもだよ。文化部《ぶんかぶ》なのに、バリバリ体育会系《たいいくかいけい》って感《かん》じ！　おこられてばっかだもん」

葵《あおい》とゆりなは、それぞれソフトボール部《ぶ》と吹奏楽部《すいそうがくぶ》に入《はい》っている。

小学校時代《しょうがっこうじだい》からの『経験者《けいけんしゃ》』なのだそうだ。

わたしは、あずみに誘《さそ》われてバレーボール部《ぶ》に入《はい》った。

あずみも小学校《しょうがっこう》からの経験者《けいけんしゃ》で、ぜったいにバレー部《ぶ》に入《はい》るって決《き》めてたんだそうだ。

わたしはどこでもよかったんだけど、部活見学《ぶかつけんがく》のときにあずみにつきあって、そのままずるずると入部《にゅうぶ》してしまった。

MILK

もちろん、経験者《けいけんしゃ》なんかじゃない。

あずみはさっき、部活《ぶかつ》のことを「楽《たの》しいよ」って答《こた》えてたけど、わたしは正直言《しょうじきい》って楽《たの》しいかどうかわからない。

だって経験者《けいけんしゃ》じゃないわたしは、まだボール拾《ひろ》いと基礎《きそ》トレーニングしかさせてもらってないし。

経験者《けいけんしゃ》のなかでもダントツにうまいのは、わたしと同《おな》じクラスの『なるたん』こと鳴尾《なるお》若葉《わかば》ちゃんだ。

背《せ》も高《たか》いし、運動神経《うんどうしんけい》ばつぐんだし、おまけに美人《びじん》で、一年《ねん》のなかでは別格《べっかく》って感《かん》じ。

女子《じょし》バレー部《ぶ》はほかの部《ぶ》にくらべて人数《にんずう》が多《おお》い。

こんな調子《ちょうし》でいつか試合《しあい》に出《で》られるようになるのか、先輩《せんぱい》や同級生《どうきゅうせい》たちともうまくやっていけるのか、すっごく心配《しんぱい》。

だからわたしは、あずみみたいに『楽《たの》しい』なんてまだまだ思《おも》えそうにない。

そんなわたしの気《き》も知《し》らずに、あずみがわたしたちの顔《かお》を見《み》まわして言《い》った。

「それよりさ、今度《こんど》みんなの部活《ぶかつ》がオフの日《ひ》あったら、どっか遊《あそ》びに行《い》こうよ」

「わあ、行《い》く行《い》く！」

わたしが答《こた》えると、葵《あおい》とゆりなもうなずいた。

「じゃ、決定《けってい》ね。場所《ばしょ》はサーカス・モールでいいよね」

あずみが、てきぱきと行《い》き先《さき》と集合場所《しゅうごうばしょ》を決《き》めていく。

（さっすが、あずみ。決《き》めるの、早《はや》っ！）

あずみは、わたしたちのグループのリーダーだ。

優柔不断《ゆうじゅうふだん》なわたしとちがって、なんでも決断《けつだん》が早《はや》い。

そういうところは、いいなあって思《おも》うんだけど……。


「ねえねえ、そのとき、四人《よにん》でペンポーチ買《か》わない？　今《いま》のやつ、もうあきちゃったし」

（……えーっ！　わたしとおそろいなのに？）

あのペンポーチは入学前《にゅうがくまえ》に買《か》ってもらったものだ。

使《つか》いやすくてお気《き》に入《い》りだから、わたしは少《すく》なくとも一年生《ねんせい》の間《あいだ》は使《つか》っていたい。

今《いま》でもせっかくおそろいなのに、四人《よにん》でってことは、わたしまでまた買《か》いかえなきゃいけないってわけ？

「いいね、じゃあイロチにしよっか」

「さんせーい！」

三人《にん》は、すっかり盛《も》りあがっている。

ここでわたしが反対《はんたい》したら、きっといやな空気《くうき》になってしまう。

（しかたないか……。今《いま》のペンポーチは、家《いえ》で使《つか》うことにしよう）

そう決心《けっしん》して、わたしもうなずく。

「うん、いいよ」

「じゃあ、だれがどの色《いろ》にするか決《き》めとこうよ」

あずみの言葉《ことば》に、

「えー、どうしよう」

「でも、お店《みせ》で見《み》ないと、どんなのがあるかわかんないもんねえ」

声《こえ》をあげてさわいでいたら、廊下側《ろうかがわ》の窓《まど》からとなりのクラスの男子《だんし》が顔《かお》を出《だ》した。

バスケ部《ぶ》の小坂《こさか》くんだ。

「おーい、智哉《ともや》。もうメシ食《く》った？　昼練行《ひるれんい》こうぜ」

すると、わたしたちのななめうしろにすわっていた石崎《いしざき》くんが、すっと立《た》ちあがった。

「悪《わる》い、ちょっと待《ま》って」

そう言《い》って、肩《かた》にシューズケースをかついで、わたしたちの横《よこ》をすりぬけていく。

それまで大《おお》きな口《くち》をあけて笑《わら》っていたあずみたちが、急《きゅう》におとなしくなった。

石崎《いしざき》くんが教室《きょうしつ》から出《で》ていくと、三人《にん》とも、机《つくえ》にばたりとへたりこむ。

「石崎《いしざき》くん、まじでカッコいいよねえ」

「ホント、大人《おとな》っぽくて同《おな》じ新入生《しんにゅうせい》とは思《おも》えない」

「ほかのクラスの子《こ》たちもさわいでるよ。吹部《すいぶ》の先輩《せんぱい》たちも、石崎《いしざき》くんのこと知《し》ってるもん」

（……へえ。そんなに人気《にんき》があるんだ）

同《おな》じクラスの石崎智哉《いしざきともや》は、新入生《しんにゅうせい》のなかでひときわ背《せ》が高《たか》くて、たしかに入学《にゅうがく》したときからものすごく目立《めだ》っていた。

「石崎《いしざき》くんってぜんぜん女子《じょし》としゃべらないんだけどさ、なんかそこがいいんだよね。うちの小学校《しょうがっこう》の女子《じょし》はみんな、遠《とお》くから見《み》てきゃあきゃあ言《い》ってる子《こ》が多《おお》かったんだ」

あずみの言葉《ことば》に、葵《あおい》とゆりながうなずきあう。

「なんかわかるー！　アイドルみたいな存在《そんざい》ってことだよね？」

「だれかひとりのものになってほしくないっていうか」

三人《にん》は、すっかり石崎《いしざき》くんの話題《わだい》で盛《も》りあがっている。

（まあ、たしかにカッコいいとは思《おも》うけど、わたしはあんまりタイプじゃないかなあ）

でも、ここでみんなと話《はなし》を合《あ》わせとかなきゃ、気《き》まずいかも。

頭《あたま》のなかであれこれ考《かんが》えていたら、すかさずあずみにつっこまれた。

「なによ、ぼおっとしちゃって。ねえ、夏月《なつき》も思《おも》うでしょ？　石崎《いしざき》くん、カッコいいって」

あずみが、わたしをじっと見《み》つめる。

「……あー、うん。ほーんと、ダントツのカッコよさだよね！」

すると、あずみは満足《まんぞく》げにうなずいた。

「はいっ、石崎《いしざき》くんをみんなのアイドルに認定《にんてい》しましたあ〜」

きゃあっと四人《よにん》で拍手《はくしゅ》をする。

（……ま、いいか）

べつにわたしが石崎《いしざき》くんのことをどう思《おも》ってようが、とにかくこの場《ば》がまるくおさまればそれでいいんだから。

そのあとも、四人《よにん》でおしゃべりをしていたら、お昼休《ひるやす》みはあっという間《ま》に終《お》わってしまった。

2 もやもやする気《き》持《も》ち

六月《がつ》に入《はい》って三週目《しゅうめ》の水曜日《すいようび》。

朝《あさ》、校門《こうもん》をくぐりぬけてから、わたしは手《て》でひさしを作《つく》って空《そら》を見上《みあ》げた。

(今日《きょう》は、外練《そとれん》、できそうだな)

梅雨《つゆ》に入《はい》って、ひさしぶりの晴《は》れ間《ま》。

昨日《きのう》は一日雨《にちあめ》だったせいか、空気《くうき》がみずみずしくてとっても気持《きも》ちがいい。

靴《くつ》をはきかえたところで顔《かお》をあげたら、前《まえ》を歩《ある》くあずみの背中《せなか》が見《み》えた。

「おはよう〜!」

うしろから声《こえ》をかけると、あずみはすごいいきおいでふりかえって、こっちにむかってきた。気《き》のせいか、顔《かお》がおこっているように見《み》える。

「どうかした?」

そう問《と》いかけると、あずみはいきなりわたしの腕《うで》をつかんで、廊下《ろうか》のはしへと引《ひ》っぱっていった。

「ちょ、ちょっと、痛《いた》いよ」

あずみはわたしの質問《しつもん》には答《こた》えず、せっぱつまった様子《ようす》で顔《かお》を近《ちか》づけてきた。

「聞《き》いた？　石崎《いしざき》くんのこと。……辻本《つじもと》さんと、つきあうんだって」

わたしはあずみが今言《いまい》った言葉《ことば》の意味《いみ》をもう一度《いちど》頭《あたま》のなかでくりかえした。

（……辻本《つじもと》さんって、あの辻本《つじもと》さん？）

同《おな》じクラスの辻本莉緒《つじもとりお》さんは、わたしと同《おな》じ小学校出身《しょうがっこうしゅっしん》だ。

お人形《にんぎょう》みたいにかわいらしい顔立《かおだ》ちなんだけど、とってもおとなしい子《こ》でいつもひとりでいることが多《おお》かった。

顔《かお》を見《み》たらあいさつくらいはするけれど、わたしもほとんど話《はなし》をしたことがない。

だけど今《いま》のクラスになってからは、タイプがちがうバスケ部《ぶ》の『まいまい』こと林麻衣《はやしまい》となぜか仲《なか》よくしている。

「……へえ。なんか、意外《いがい》な組《く》み合《あ》わせだね」

なんと答《こた》えていいかわからずそう言《い》うと、あずみはいらだったように肩《かた》にかけたかばんを持《も》ちなおした。

「意外《いがい》もなにもないよ。なんで辻本《つじもと》さんなわけ？　意味《いみ》わかんない」

あずみは、かなり頭《あたま》にきているようだ。眉間《みけん》に深《ふか》いしわがきざまれている。

（たしかにあのおとなしい辻本《つじもと》さんがって思《おも》ったら意外《いがい》だけど、辻本《つじもと》さんは芸能人《げいのうじん》になれそうなくらいかわいいし、そんなに不思議《ふしぎ》でもないんじゃない？）

心《こころ》のなかでそう思《おも》ったけど、もちろんそんなこと、口《くち》に出《だ》しては言《い》えない。

言《い》えば、あずみはますますおこりだすに決《き》まってる。

（……だって、あずみはもとから辻本《つじもと》さんのこと、気《き》に入《い》らないみたいだったもんね）

入学《にゅうがく》したときから、「あの子《こ》、自分《じぶん》のことかわいいって思《おも》ってそうだよね」とか、「性格《せいかく》悪《わる》そう」とか言《い》ってたし。

（まあ、そう言《い》いたくなる気持《きも》ちはわかるけど）

辻本《つじもと》さんはおとなしいのに男子《だんし》に人気《にんき》があるから、小学校《しょうがっこう》のときからわりとそういうことをまわりの女子《じょし》たちに言《い》われていた。

だからわたしも特《とく》に気《き》にもとめずに、あずみの悪口《わるくち》に適当《てきとう》に相《あい》づちを打《う》っていたけど、石崎《いしざき》くんとつきあいだしたとなると、今《いま》まで以上《いじょう》に悪口《わるくち》を聞《き》かされることになるかもしれない。

（……あ〜、ユウウツだなあ）

葵《あおい》とゆりながどう思《おも》っているのかはわからないけど、わたしはあずみのそういうところがちょっと苦手《にがて》。

だけど、あずみとは、クラスも部活《ぶかつ》もいっしょだし、ここで気《き》まずくなるわけにはいかない。

だってクラスでも部活《ぶかつ》でも、グループはもうできあがってしまっている。

いまさらほかのグループになんて入《はい》れないし、かといってひとりになるのはもっといや。

ちょっとくらいあずみにいやなところがあったとしても、がまんするしかない。

わたしは早《はや》くこの話題《わだい》を終《お》わらせたくて、あずみに話《はなし》を合《あ》わせることにした。

「ホントだよねえ。石崎《いしざき》くん、見《み》る目《め》ないかも」

すると、あずみは目《め》を大《おお》きく見開《みひら》いて、わたしを見《み》た。

「……やっぱ、夏月《なつき》もそう思《おも》うよね？」

「そりゃあ思《おも》うよ～」

言《い》いながら、胸《むね》がちくんと痛《いた》む。

そこまで言《い》うほど、わたしは辻本《つじもと》さんのことなんて知《し》らない。

なのに、口《くち》からは勝手《かって》にあずみが喜《よろこ》びそうな辻本《つじもと》さんの悪口《わるくち》があふれだす。

「あー、やっぱ夏月《なつき》は、わたしの言《い》いたいこと、一番《いちばん》わかってくれるよ。なんか、すっきりしちゃった」

さっきより明《あき》らかに表情《ひょうじょう》が明《あか》るくなって、教室《きょうしつ》へと歩《ある》きだした。

（よかった。ちょっとだけ機嫌《きげん》なおったみたい）

ホッとしてあずみのあとを追《お》いかけようとしたけど、足《あし》をとめた。

こんなこと言《い》っちゃうなんて、わたしのほうこそ性格《せいかく》が悪《わる》い。

思《おも》ってもいないこと、人《ひと》に合《あ》わせて言《い》うなんて。

思《おも》えば、わたしは小学校《しょうがっこう》のときからずっとこうだった。

みんなに嫌《きら》われないように。

ひとりぼっちにされないように。

こんな自分《じぶん》が、ホントにいや。

だけど、どうしたら人《ひと》に合《あ》わせなくても友《とも》だちとうまくやっていけるのか、ひとりでも平気《へいき》になれるのか、わたしにはわからない。


けっきょく、あの日《ひ》からあずみは口《くち》を開《ひら》けば辻本《つじもと》さんの悪口《わるくち》ばかり言《い》うようになった。

適当《てきとう》に聞《き》きながすようにしているけれど、これがけっこうしんどい。

「もういいかげん、悪口《わるくち》ばっかり言《い》うの、やめなよ」って言《い》えたらいいのに、それも言《い》えないし。

(あ〜あ)

そっと息《いき》をはいていたら、

「ねえ、夏月《なつき》」

ふいに声《こえ》をかけられた。

「なっ、なに？」

「あのさあ、傘《かさ》、教室《きょうしつ》に忘《わす》れてきちゃったんだよね。取《と》りに行《い》くの、ついてきて」

「……あ、うん」

しかたなくついていこうと歩《ある》きだしたら、こっちを見《み》ているなるたんと目《め》が合《あ》った。

（きっとわたしたちのこと見《み》て、あきれてるんだろうなあ）

なるたんは、教室《きょうしつ》でも、部活《ぶかつ》でもほかの子《こ》たちと群《む》れたりしない。

いつもぴんと背《せ》すじをのばして、ひとりでも平気《へいき》って顔《かお》をしている。

だけど、ぜんぜんひとりぼっちって感《かん》じはしない。

班《はん》で活動《かつどう》しなきゃいけないときは、たとえあまりものになっても、ちっとも気《き》にしてなさそうだし、いつだって凛《りん》としている。

あずみから聞《き》いたうわさによると、この間《あいだ》の中間《ちゅうかん》テストでは、石崎《いしざき》くんとふたり、クラスでトップの成績《せいせき》だったそうだ。

おまけに、このあたりで一番《いちばん》の進学塾《しんがくじゅく》である啓輝塾《けいきじゅく》に通《かよ》っていて、なんとそこでエリート校《こう》で有名《ゆうめい》な聡明学院《そうめいがくいん》の男子《だんし》（それもイケメン）に、猛《もう》アタックされているらしい。

（すっごいなあ）

美人《びじん》で、スタイルがよくて、運動神経抜群《うんどうしんけいばつぐん》。

おまけに頭《あたま》がよくて他校《たこう》の男子《だんし》にモテモテ。

そりゃあそれだけなんでもそろっていたら、まわりのことなんて気《き》にならないだろうな。

（……神《かみ》さまは、いじわるだなあ）

どうして人間《にんげん》をみんな平等《びょうどう》に作《つく》ってくれなかったんだろう？

そうしたら、いろんなことでくよくよせずにすんだのに。

「辻本《つじもと》さんってさあ、なんかかわい子《こ》ぶってない？」

「わかる～。そういえばさ、あの子《こ》……」

三人《にん》は教室《きょうしつ》の前《まえ》で立《た》ちどまって、また辻本《つじもと》さんの悪口《わるくち》で盛《も》りあがりはじめた。

少《すこ》しはなれた場所《ばしょ》でうんざりしながら待《ま》っていたら、教室《きょうしつ》のうしろのドアがあいているのに気《き》がついた。

（だれかいるのかな？）

ちらっとのぞきこむと、窓《まど》のすぐ下《した》で、辻本《つじもと》さんが今《いま》にも泣《な》きだしそうな顔《かお》でしゃがみこんでいるのが見《み》えた。

（ひゃあっ、辻本《つじもと》さん、今《いま》の話《はなし》、聞《き》いてるよ！）

わたしはすぐに顔《かお》をひっこめ、あずみたちのほうへむきなおった。

「ねっ、ねえ。早《はや》くもどろうよ。あとかたづけ、しなきゃいけないし」

大声《おおごえ》で言《い》うと、あずみたちは顔《かお》を見合《みあ》わせてから、素直《すなお》にうなずいた。

「そうだね。ちゃんとやっとかないと、先輩《せんぱい》たち、うるさいし」

「行《い》こ行《い》こ」

あずみを先頭《せんとう》にして、みんなは体育館《たいいくかん》にむかってかけていく。

一度《いちど》教室《きょうしつ》のほうをふりかえってから、わたしもみんなのあとを追《お》いかけた。

（あ～あ、辻本《つじもと》さん、ぜったいさっきの聞《き》こえてたよね……）

部活《ぶかつ》が終《お》わり、あずみたちと別《わか》れたあと、肩《かた》を落《お》として家《いえ》にむかって歩《ある》きだした。

（きっと、傷《きず》ついただろうな……）

そりゃあそうだよね。

もしも自分《じぶん》がクラスの子《こ》たちにあんな風《ふう》に思《おも》われてるって知《し》ったら、ショックで学校《がっこう》に行《い》けなくなるかもしれない。

(だけど、わたしだっていつもあずみに調子《ちょうし》を合《あ》わせてるんだから、共犯《きょうはん》だよね……)

はあっとため息《いき》をついてとぼとぼ歩《ある》いていたら、

「なにでっかいため息《いき》ついてんだよ」

うしろから声《こえ》をかけられた。

おどろいてふりかえると、砂《すな》ぼこりにまみれた練習着姿《れんしゅうぎすがた》の吉村祥吾《よしむらしょうご》が立《た》っていた。

3 おさななじみ

祥吾《しょうご》は、うちのおむかいに住《す》んでいる。

いわゆる、おさななじみってやつだ。

といっても、少女《しょうじょ》まんがの設定《せってい》にありそうな、カッコいいイケメンなんかじゃぜんぜんない。

いかにも野球部《やきゅうぶ》って感《かん》じの髪形《かみがた》。

目《め》つきが悪《わる》いから、いつもおこってるみたいに見《み》える。

しかも、ムダに体《からだ》がごっついし。

今年高校生《ことしこうこうせい》になった建都兄《けんとにい》ちゃん（通称《つうしょう》・ケン兄《にい》）とのふたり兄弟《きょうだい》で、クラスはちがうけど、わたしと同《おな》じつつじ台中学《だいちゅうがく》一年生《ねんせい》。

小学校《しょうがっこう》のときから少年野球《しょうねんやきゅう》をしていた野球《やきゅう》バカで、今《いま》は野球部《やきゅうぶ》に入《はい》っている。

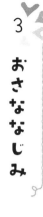

わたしの家《いえ》は両親《りょうしん》が共働《ともばたら》きで、わたしはわりと小《ちい》さいころからひとりでお留守番《るすばん》をさせられていた。

そんなわたしを見《み》かねて、祥吾《しょうご》のおかあさんは、いつもなにかと世話《せわ》をやいてくれ、おかしや晩《ばん》ごはんのおかずをおすそわけしてくれたり、たまにごはんをいっしょに食《た》べようって声《こえ》をかけてくれたりしていた。

だから、わたしにとってはケン兄《にい》がお兄《にい》ちゃんで、祥吾《しょうご》は弟《おとうと》みたいな存在《そんざい》。

……もしかしたら、祥吾《しょうご》は自分《じぶん》がお兄《にい》ちゃんだって思《おも》ってるのかもしれないけど。

「ため息《いき》なんか、ついてないから」

わたしは祥吾《しょうご》から距離《きょり》を置《お》いて、歩《ある》きだした。

祥吾《しょうご》なんかに女子同士《じょしどうし》のビミョウな話《はなし》をしたって、わかるわけないし！

「どうせ、部活《ぶかつ》がしんどいとか思《おも》ってんだろ」

その言《い》い方《かた》に、カチンとくる。

「そんなこと、思《おも》ってません！」

（っていうか、しんどいって思《おも》うほどたいした練習《れんしゅう》もさせてもらってないんだもん）

ムカムカして言《い》いかえすと、祥吾《しょうご》はふんと鼻《はな》で笑《わら》った。

「だいたい、なんでおまえみたいな運動音痴《うんどうおんち》が、よりにもよってバレー部《ぶ》とか入《はい》ってんだよ。どうせ、クラスの友《とも》だちに誘《さそ》われて、ことわりきれずに入《はい》ったんだろ」

（ゲッ、図星《ずぼし》……）

ぎくっとしたけど、わたしは平静《へいせい》をよそおって「そんなわけ、ないじゃん」と無理《むり》やり歯《は》ぐきをむきだして笑《わら》ってみせた。

「図星《ずぼし》だな。おまえ、昔《むかし》っからなにかごまかすとき、ぜったいそのロバみたいな顔《かお》するし」

祥吾《しょうご》が、冷《さ》めた目《め》でわたしを見《み》る。

「だっ、だれがロバよっ！」

……まったく、こいつだけは腹《はら》が立《た》つ。

祥吾《しょうご》を置《お》いて、ずんずん歩《ある》いていこうとしたら、すぐに追《お》いついてきた。

「おまえ、最近《さいきん》うち来《こ》ねえな。ワン太郎《たろう》拾《ひろ》ったの、おまえだろ」

その言葉《ことば》に、足《あし》をとめる。

『ワン太郎《たろう》』というのは、祥吾《しょうご》んちで飼《か》っている犬《いぬ》の名前《なまえ》。

シーズーがまじった雑種《ざっしゅ》で、左足《ひだりあし》が悪《わる》くて上手《じょうず》に歩《ある》けない。

じつは、わたしが小学生《しょうがくせい》のとき、近所《きんじょ》にあるつつじ台神社《だいじんじゃ》の境内《けいだい》で見《み》つけた犬《いぬ》だ。

友《とも》だちとかくれんぼをして遊《あそ》んでいたときに、土手《どて》の上《うえ》に置《お》かれた段《だん》ボール箱《ばこ》のなかから、悲《かな》しげな鳴《な》き声《ごえ》が聞《き》こえてきた。

おそるおそるあけてみたら、なかに毛布《もうふ》といっしょに一匹《いっぴき》の犬《いぬ》が押《お》しこまれていた。

白《しろ》とうす茶色《ちゃいろ》の毛《け》はのび放題《ほうだい》で、あちこち泥《どろ》がついていたけれど、真《ま》っ黒《くろ》な瞳《ひとみ》が印象的《いんしょうてき》な垂《た》れ耳《みみ》の犬《いぬ》。

よく見《み》ると、左足《ひだりあし》にケガをしているようだった。

「子犬《こいぬ》じゃないのに、なんで？」

「もしかして、ケガしたから捨《す》てられたんじゃない？」

「首輪《くびわ》つけてるのに、かわいそう……」

みんなで相談《そうだん》した結果《けっか》、この犬《いぬ》を助《たす》けてあげようということになった。

「ねえねえ、この犬《いぬ》の名前《なまえ》、どうする？」

だれかの言葉《ことば》に、わたしはぱっとひらめいた名前《なまえ》を告《つ》げた。

「〝ワン太郎《たろう》〟ってどう？」

「カワイイ！　そうしよう！」

名前《なまえ》をつけたことで、みんなの気持《きも》ちはますます盛《も》りあがり、一度《いちど》家《いえ》におこづかいを取《と》りにもどって、病院《びょういん》に連《つ》れていくことにした。

わたしは大急《おおいそ》ぎで家《いえ》に帰《かえ》り、ありったけのおこづかいをさいふに入《い》れて、すぐに神社《じんじゃ》へと引《ひ》きかえした。

……だけど。

どれだけ待《ま》っても、だれも神社《じんじゃ》にはもどってこなかった。

しかたなく、わたしはワン太郎《たろう》を家《いえ》に連《つ》れて帰《かえ》ったんだけれど、思《おも》ったとおり、おかあさんにもとの場所《ばしょ》にもどしてきなさいとおこられた。

うちではだれも世話《せわ》なんてできないんだからって。

（そんな……！）

足《あし》が悪《わる》いワン太郎《たろう》は、だれにも拾《ひろ》ってもらえず、このまま死《し》んでしまうかもしれない。

わたしはワン太郎《たろう》を抱《だ》きしめて、家《いえ》の前《まえ》でわんわん泣《な》いた。

その後《ご》、事情《じじょう》を知《し》ったおむかいの祥吾《しょうご》んちが、ワン太郎《たろう》をひきとってくれることになったのだ。


「ワン太郎《たろう》、ひさしぶり！」

わたしがそっと抱《だ》きしめると、
きゅうん　きゅうん
ワン太郎《たろう》は、鼻《はな》をならして甘《あま》えたような声《こえ》をだした。

「ワン太郎《たろう》ってば、なっちゃんのこと、ちゃあんとわかってるのね」

おばさんが、ワン太郎《たろう》の顔《かお》をのぞきこんでほほえむ。

「ごめんなさい、最近《さいきん》ぜんぜん会《あ》いに来《こ》られなくて」

わたしが素直《すなお》に謝《あやま》ると、おばさんは笑顔《えがお》で「いいのよう」と首《くび》を横《よこ》にふった。

「なっちゃんだって、中学生《ちゅうがくせい》になっていそがしいもの。しかたない

わよ。でも、こうやって来《き》てくれてうれしいわあ」

ワン太郎《たろう》と会《あ》うのは、中学生《ちゅうがくせい》になってから初《はじ》めてかも。

去年《きょねん》くらいまでは、朝《あさ》、学校《がっこう》に行《い》くときにワン太郎《たろう》を連《つ》れたおばさんに会《あ》うこともあったけれど、このごろではもうワン太郎《たろう》がフツーに歩《ある》くのがむずかしくなってきて、散歩《さんぽ》に行《い》くことができなくなってしまったのだ。

（ワン太郎《たろう》、おじいちゃんだもんね……）

だけど、今《いま》、ワン太郎《たろう》はせわしなくしっぽをふって、わたしの腕《うで》のなかで目《め》をキラキラさせている。

「それより、なっちゃん。中学校《ちゅうがっこう》はどう？　ちょっと見《み》ない間《あいだ》になんだかお姉《ねえ》さんらしくなったわねえ」

おばさんが、わたしの前《まえ》にジュースの入《はい》ったコップを置《お》いて聞《き》いてきた。

「楽《たの》しいです。部活《ぶかつ》も慣《な》れてきたし、友《とも》だちもできたし。勉強《べんきょう》はちょっと大変《たいへん》だけど」

わたしが言《い》うと、おばさんは「まあ」と目《め》を真《ま》ん丸《まる》にした。

「そうなの～。そう聞《き》いて安心《あんしん》したわ。……ほら、祥吾《しょうご》に聞《き》いてもなんにも教《おし》えてくれないし」

おばさんが、洗面所《せんめんじょ》にいる祥吾《しょうご》のほうを見《み》て、口《くち》をとがらせる。

（……まあ、祥吾《しょうご》はね）

あたりがソフトでだれにでもやさしいケン兄《にい》とちがって、祥吾《しょうご》は無口《むくち》で不愛想《ぶあいそう》。

だから、学校《がっこう》でばったり会《あ》ったとしても、たいてい口《くち》もきかない（今日《きょう》は、まわりにだれもいなかったからしゃべりかけてきたけど）。

こどものときからそんな調子《ちょうし》だったから、おばさんが文句《もんく》を言《い》いたくなる気持《きも》ちもわかる。

「あ～あ、やっぱり女《おんな》の子《こ》はいいわねえ。なっちゃんが来《き》てくれただけで、家《いえ》のなかがぱあっと明《あか》るくなった感《かん》じがするもの。ねえ、ワン太郎《たろう》」

「ワン！」

ワン太郎《たろう》も、まるでおばさんの言葉《ことば》がわかったかのように、わたしの鼻先《はなさき》をぺろっとなめた。

祥吾《しょうご》んちは男兄弟《おとこきょうだい》ばかりだからか、おじさんもおばさんも、いつもわたしのことをものすごくかわいがってくれる。

だからここに来《く》ると、なんだか自分《じぶん》がものすごく特別《とくべつ》な女《おんな》の子《こ》になったような気持《きも》ちになる。

（えへへ。ひさしぶりに祥吾《しょうご》んちに来《き》てよかったな）

気《き》がつくと、さっきまでのもやもやした気持《きも》ちも、どこかに吹《ふ》きとんでいた。

4 ケン兄《にい》

けっきょく、わたしはそのまま祥吾《しょうご》んちで晩《ばん》ごはんをごちそうになることになった。

家《いえ》に一度《いちど》帰《かえ》って、おかあさんのケータイに連絡《れんらく》を入《い》れると、

「あら、そうなの。じゃあよろしく伝《つた》えてね」

そっけなく言《い》って、すぐに電話《でんわ》は切《き》れた。

(……ま、いつものことだけどね)

今日《きょう》も、おとうさんは帰《かえ》りが遅《おそ》い。

どうせごはんはわたしとおかあさんのふたりだけだ。

仕事《しごと》がいそがしいおかあさんは、きっとごはんの用意《ようい》も面倒《めんどう》だと思《おも》ってたに決《き》まってる。

だから、わたしが祥吾《しょうご》んちでごちそうになることになって内心《ないしん》ほっとしているにちがいない。

時々《ときどき》、この家《いえ》にわたしは必要《ひつよう》なのかなあって思《おも》うときがある。
おとうさんもおかあさんも仕事《しごと》がいそがしくてわたしに気《き》がまわらないんだろうなって
ことは、小《ちい》さいときからなんとなく感《かん》じていた。
だから、わたしは必要以上《ひつよういじょう》に自分《じぶん》の居場所《いばしょ》を守《まも》りたくなるのかもしれない。
ここにいてもいいんだって思《おも》えるような、自分《じぶん》の居場所《いばしょ》を。
だれもいない家《いえ》にカギをかけ、わたしは足早《あしばや》に祥吾《しょうご》の家《いえ》へとむかった。

「いただきまあす！」

わたしが両手《りょうて》を合《あ》わせて言《い》うと、おじさんとおばさんはにこにこ笑《わら》って声《こえ》をそろえた。

「はい、どうぞ」

テーブルにならぶのは、煮込《にこ》みハンバーグにりんごとくるみのサラダ、かぼちゃの煮物《にもの》
に、エビとアスパラの炒《いた》め物《もの》、そして具沢山《ぐだくさん》のおみそしる。

どれも、とってもおいしそう！

さっそくサラダを食《た》べてみる。

「すっごくおいしい！」

わたしが言《い》うと、おじさんがコップに入《はい》ったビールを飲《の》みほした。

「あ～、なっちゃんがいると、ビールもうまいなあ」

「ホントホント、わたしの作《つく》った料理《りょうり》をそ～んな顔《かお》で『おいしい！』なんて言《い》ってくれる人《ひと》、うちにはいないし」

おじさんとおばさんがうれしそうに顔《かお》を見合《みあ》わせる。

「こんなおいしいごはんを毎日《まいにち》食《た》べられるなんて、祥吾《しょうご》、おばさんに感謝《かんしゃ》しなきゃ」

わたしが言《い》うと、

「ちょっと！　聞《き》いた？　今《いま》のなっちゃんの言葉《ことば》！」

おばさんが祥吾《しょうご》に話《はなし》をふったけど、祥吾《しょうご》は完全無視《かんぜんむし》でひたすら食《た》べている。

(それにしても、祥吾《しょうご》ったらどんだけ食《た》べんのよ)

さっきから見《み》ていたら、わたしのお茶碗《ちゃわん》の二倍《ばい》くらいありそうな丼鉢《どんぶりばち》にてんこ盛《も》りになった白《しろ》ごはんを、もう二杯《はい》もおかわりしている。

おかずの量《りょう》だって、わたしの三倍《ばい》くらいある。

よく見《み》たら、祥吾《しょうご》って腕《うで》も指《ゆび》の関節《かんせつ》もすっごく太《ふと》い。

それにあちこちすりきずがあってかさぶたがいっぱいできている。

声変《こえが》わりだってしてるし、身長《しんちょう》だって、もうとっくにおばさんをぬかしてるし。

いつの間《ま》にか大人《おとな》になっちゃったんだなあって感《かん》じ。

じろじろ見《み》ていたら、祥吾《しょうご》がおはしをとめてわたしをにらんだ。

「なんだよ」

「べつに」

つーんとあごをそびやかしていたら、がちゃんと玄関《げんかん》のドアが開《ひら》く音《おと》が聞《き》こえた。

「あれっ、なっちゃん、来《き》てたんだ」

リビングのドアが開《ひら》いて、制服姿《せいふくすがた》のケン兄《にい》が帰《かえ》ってきた。

「ケン兄《にい》、おかえりなさ〜い！」

ケン兄《にい》は、今年《ことし》の春《はる》からとなり町《まち》にある笹谷高校《ささたにこうこう》に通《かよ》っている。

祥吾《しょうご》とちがってやさしくてカッコよくて、わたしのあこがれのお兄《にい》さんだ。

「遅《おそ》かったんだね」

わたしが言《い》うと、ケン兄《にい》はかばんを下《お》ろしてテーブルにつくとにっこり笑《わら》った。

「うん、部活《ぶかつ》の居残《いのこ》り練習《れんしゅう》してたからね」

「部活《ぶかつ》って、またサッカーやってるの？」

わたしが聞《き》いたら、ケン兄《にい》のかわりにおばさんがお茶碗《ちゃわん》にごはんをよそいながら、答《こた》えてくれた。

「ううん、ケンちゃんってば、今《いま》は和太鼓《わだいこ》やってるのよ」

「和太鼓《わだいこ》？」

「うん。入学式《にゅうがくしき》で演奏《えんそう》見《み》て、即入部《そくにゅうぶ》決《き》めたんだ。……あっ、そうだ」

そう言《い》うと、ケン兄《にい》はさっき床《ゆか》に置《お》いたかばんから一枚《まい》のチラシを取《と》りだした。

「再来週《さらいしゅう》の日曜日《にちようび》、うちの高校《こうこう》であるんだけど、よかったら来《こ》ない？」

手《て》わたされたチラシに目《め》を落《お》とす。

『第八回《だいはちかい》　笹谷高校《ささたにこうこう》文化祭《ぶんかさい》』

「うちの高校《こうこう》、行事《ぎょうじ》にすっごい力《ちから》入《い》れててさ、一学期《がっき》は文化系《ぶんかけい》の部活《ぶかつ》が中心《ちゅうしん》になってやる文化祭《ぶんかさい》があって、二学期《がっき》には体育会系《たいいくかいけい》の部活《ぶかつ》がメインの体育祭《たいいくさい》があるんだ。文化祭《ぶんかさい》っていっても、お祭《まつ》りみたいなもんだから、カフェとかゲームができる屋台《やたい》が出《で》てるし、けっこう本格的《ほんかくてき》で楽《たの》しめると思《おも》うよ」

「へえ〜、そうなんだあ」

もう一度《いちど》、もらったチラシをじっくり見《み》る。

合唱部《がっしょうぶ》の歌声《うたごえ》カフェとか、美術部《びじゅつぶ》のリアルお化《ば》け屋敷《やしき》とか、なんだかすっごくおもしろそう！

「で、ケン兄《にい》もなにかに出《で》るの？」

わたしが聞《き》くと、ケン兄《にい》は照《て》れくさそうにうなずく。

「うん。まだ一年《ねん》だし、たいして活躍《かつやく》できないんだけど」

そう言《い》って、『伝統芸能部《でんとうげいのうぶ》　和太鼓発表会《わだいこはっぴょうかい》』と書《か》いてある箇所《かしょ》を指《ゆび》さす。

「まだ基礎《きそ》打《う》ちしかさせてもらえないし、うしろのほうにいるだけなんだけど、よかったら観《み》に来《き》て」

(再来週《さらいしゅう》の日曜日《にちようび》かあ……)

たしか、先生《せんせい》たちの緊急研修会《きんきゅうけんしゅうかい》があって、ぜんぶの部活《ぶかつ》がオフになるって言《い》ってたっけ。

そういえば、あずみが例《れい》のペンポーチ、葵《あおい》たちと四人《よにん》で買《か》いに行《い》こうって言《い》ってたな……。

でも、正直言《しょうじきい》って新《あたら》しいペンポーチなんてほしくないし、また辻本《つじもと》さんの悪口《わるくち》を聞《き》かされるかと思《おも》ったら、気乗《きの》りしない。

それにあの話《はなし》って一《いっ》か月《げつ》くらい前《まえ》の話《はなし》だし、もうあずみだって忘《わす》れてるよね。

一瞬迷《いっしゅんまよ》ったけど、やっぱりケン兄《にい》のカッコいい姿《すがた》、見《み》に行《い》きたい！

「うん、行《い》く行《い》く！　ケン兄《にい》の和太鼓《わだいこ》、楽《たの》しみ～♪」

わたしが言《い》うと、それまでだまって食《た》べつづけていた祥吾《しょうご》が、ふいにお茶碗《ちゃわん》から顔《かお》をあげた。

「おまえさ。食《く》ったら早《はや》く帰《かえ》れば？　宿題《しゅくだい》とかしなくていいわけ」

みょうにイラついた様子《ようす》でわたしをにらんでくる。

「……はっ？」

わたしはなにを言《い》われたのかわからず、おはしを置《お》いた。

「ちょっと、祥吾《しょうご》！　そんなこと言《い》わないの」

「そうだぞ、なっちゃんに失礼《しつれい》だろうが」

すぐにおばさんとおじさんがそう言《い》ってくれたけど、祥吾《しょうご》はむすっとしたままでそれ以上《いじょう》なにも言《い》わない。

ムカーッ！

なによ。急《きゅう》にそんなこと言《い》うなんて。

わたし、なんか悪《わる》いことした？

「なっちゃん、気《き》にせずにゆっくりしていってね」

おばさんにはそう言《い》われたけれど、もう祥吾《しょうご》と顔《かお》を合《あ》わせたくない！

「ごちそうさまでした」

わたしはおこっていることを悟《さと》られないように、ゆっくり手《て》を合《あ》わせると、食《た》べおえた食器《しょっき》を持《も》って台所《だいどころ》へと運《はこ》んだ。

「これ洗《あら》ったら、帰《かえ》ります」

「やだもう。そんなのは後《あと》で食洗器《しょくせんき》で洗《あら》うからいいのよ。それより、なっちゃんったら、祥吾《しょうご》の言《い》うことなんて気《き》にしないで」

「そうそう。ほら、おかあさん。デザートとかないの？」

おばさんとおじさんが必死《ひっし》にわたしを引《ひ》きとめようとしたけど、わたしはにっこりほほえんで首《くび》をふった。

「いえ、本当《ほんとう》に帰《かえ》って宿題《しゅくだい》しなきゃいけないし」

それから祥吾《しょうご》をキッとにらんでから、

「おじゃましましたっ！」

わたしは祥吾《しょうご》んちを後《あと》にした。


なによ、祥吾《しょうご》のやつ。

そっちが来《こ》いって言《い》ったからおじゃましたのに、急《きゅう》に早《はや》く帰《かえ》れとか言《い》いだすし、わけわかんない。

だいたい、あいつは昔《むかし》から感《かん》じが悪《わる》いやつなのだ。

少女《しょうじょ》まんがやドラマだと、おさななじみっていったらイケメンで、自分《じぶん》のことをほかの子《こ》たちとは特別《とくべつ》あつかいしてくれて、いつも気《き》にかけてくれて……みたいな感《かん》じで描《えが》かれるけど、祥吾《しょうご》はまったくあてはまらない。

イケメンなんかじゃないし、感《かん》じ悪《わる》いし、じゃがいもみたいな頭《あたま》だし、やさしいケン兄《にい》とは正反対《せいはんたい》！

（もう、ぜったい祥吾《しょうご》となんて口《くち》きいてやらないんだからっ！）

5 文化祭《ぶんかさい》

ケン兄《にい》の通《かよ》う笹谷高校《ささたにこうこう》は、うちからバスで二十分《にじゅっぷん》のところにある。

文化祭当日《ぶんかさいとうじつ》、わたしは行《い》き方《かた》を何度《なんど》も確認《かくにん》し、乗《の》りなれないバスにゆられて、なんとかたどりついた。

（やっとついたよ〜）

ちゃんとつくか不安《ふあん》だったし、なによりひとりで高校《こうこう》の文化祭《ぶんかさい》に行《い》くなんて心細《こころぼそ》かったから、ホントはだれかを誘《さそ》いたかったんだけど、あずみとの約束《やくそく》をことわった手前《てまえ》、だれにも声《こえ》をかけられなかった。

わたしが、買《か》い物《もの》に行《い》けないって言《い》ったら、あずみは最後《さいご》までぶつぶつ言《い》っていた。

「夏月《なつき》、どうしても行《い》けないの？」

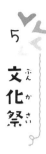

「うん、ごめんね。近所《きんじょ》のお兄《にい》ちゃんにどうしても観《み》に来《き》てって頼《たの》まれちゃって。いつもお世話《せわ》になってるから、親《おや》もぜったい行《い》けってうるさいし」

だけど意外《いがい》なことに、わたしが行《い》けないってわかったら、葵《あおい》とゆりなも急《きゅう》に用事《ようじ》ができたからって言《い》いだして、けっきょく四人組《よにんぐみ》での買《か》い物《もの》はナシになってしまった。

それで、あずみは、麗香《れいか》たちバレー部《ぶ》の子《こ》と映画《えいが》を観《み》に行《い》くことにしたらしい。

最近《さいきん》、葵《あおい》とゆりなは別《べつ》のグループでお弁当《べんとう》を食《た》べる日《ひ》が増《ふ》えてきた。

もしかしたらあのふたりも、わたしと同《おな》じであずみの悪口《わるくち》につきあうのがいやなのかもしれないな。

……ちゃんと確認《かくにん》したわけじゃないけど。

ともかく、わたしとしては、せっかくの部活《ぶかつ》がオフの日《ひ》にあずみと顔《かお》を合《あ》わせずにすんで、ホッとしている。

(だって、ずうっと辻本《つじもと》さんの悪口聞《わるくちき》かされるのやだもんね)

そう思《おも》いつつ、ちょっとだけ不安《ふあん》になる。

(もしかして、今日《きょう》は辻本《つじもと》さんじゃなくてわたしの悪口《わるくち》を言《い》われてたらどうしよう……)

だけど、いまさらそんなことを思《おも》ったってしょうがない。

今日《きょう》はもうことわったんだから、くよくよ考《かんが》えるのはやめておこう。

自分《じぶん》で自分《じぶん》をはげまして、わたしは笹谷高校《ささたにこうこう》の校門《こうもん》をくぐりぬけた。


「いよおっ！」

ドドンッ　カカッ　ドドンッ！

おなかの底《そこ》がふるえるくらい大《おお》きな太鼓《たいこ》の音《おと》がなりひびく。

体育館《たいいくかん》のステージ上《じょう》には、巨大《きょだい》な和太鼓《わだいこ》を囲《かこ》むように、いくつかの和太鼓《わだいこ》が配置《はいち》され、総勢二十人《そうぜいにじゅうにん》くらいの人《ひと》たちで演奏《えんそう》している。

そして、そのまわりではおそろいの黒《くろ》と赤《あか》の丈《たけ》が長《なが》いハッピを着《き》た人《ひと》たちが、太鼓《たいこ》の音《おと》に合《あ》わせて、空手《からて》のようなカッコいいダンスを踊《おど》っていた。

全員《ぜんいん》、頭《あたま》に黒《くろ》い鉢巻《はちまき》を巻《ま》いていて、それが風《かぜ》をまとってひるがえる。

ケン兄《にい》は、むかって右側《みぎがわ》の一番後《ばんうし》ろにいた。

三人《にん》でフォーメーションを組《く》み、かわるがわる太鼓《たいこ》をたたいている。

ふだんはにこにこしているケン兄《にい》だけど、太鼓《たいこ》をたたいている表情《ひょうじょう》は真剣《しんけん》そのものだ。

「いよお〜〜っ！」

ドドンッ！

ラストに大《おお》きな太鼓《たいこ》の音《おと》がなりひびくと、体育館《たいいくかん》はわれんばかりの拍手《はくしゅ》につつまれた。

わたしもまわりの人《ひと》に負《ま》けないくらい拍手《はくしゅ》した。

高校《こうこう》ってすごいなあ。こんな部活《ぶかつ》があるんだ。

ケン兄《にい》が、演奏《えんそう》を見《み》てすぐにやりたくなったって言《い》ってた気持《きも》ちがよくわかる。

だって、めちゃめちゃカッコいいもん！


ステージが終《お》わって体育館《たいいくかん》の外《そと》で待《ま》っていたら、しばらくして着《き》がえを終《お》えたケン兄《にい》が出《で》てきた。

となりには、なぜか制服姿《せいふくすがた》の女《おんな》の子《こ》がいる。

（……だれだろ？）

「なっちゃん、わざわざ来《き》てくれてありがとう」

「ううん、すっごくカッコよかったよ」

ちらちらとなりの女《おんな》の子《こ》を見《み》ながらわたしが言《い》うと、ケン兄《にい》が照《て》れくさそうに首《くび》のうしろをかいた。

「あ、この子《こ》、俺《おれ》の彼女《かのじょ》。未歩《みほ》っていうんだ」

(ケン兄《にい》、彼女《かのじょ》いたんだあ)

そりゃあそうだよね。だって、めちゃめちゃやさしいもん！

「はじめまして！　なっちゃんだよね？　ケンケンから話《はなし》、聞《き》いてまあす」

(ブッ、ケン兄《にい》、『ケンケン』って呼《よ》ばれてるんだ)

思《おも》わず吹《ふ》きだしたら、ケン兄《にい》が困《こま》ったような顔《かお》で笑《わら》った。

それにしても、すらっとしたケン兄《にい》とショートカットで笑顔《えがお》のかわいい未歩《みほ》ちゃんは、本当《ほんとう》にお似合《にあ》いのカップルだ。

まさしく青春《せいしゅん》って感《かん》じ！

あ〜あ、わたしにもいつか彼氏《かれし》なんてできるのかな。

でも、そんなの遠《とお》い未来《みらい》のことにしか思《おも》えない。

学年《がくねん》には、辻本《つじもと》さんと石崎《いしざき》くんだけじゃなくて、何人《なんにん》か彼氏《かれし》ができた子《こ》がいる。まいまいも、ついこの間《あいだ》、となりのクラスの小坂《こさか》くんとつきあいだしたらしいってあずみが言《い》っていたし。

だけど、わたしの場合《ばあい》はまず好《す》きな人《ひと》から見《み》つけなきゃなあ。

でも、そんな相手《あいて》、ぜんぜんいないし。

「じゃあ、今《いま》から三人《にん》でいっしょに模擬店《もぎてん》まわろっか」

ケン兄《にい》の言葉《ことば》に、わたしはあわてて手《て》をふった。

「そ、そんな。わたしはいいよ。ケン兄《にい》、ふたりでまわれば？」

すると、未歩《みほ》ちゃんがにこにこ笑《わら》って首《くび》をふった。

「遠慮《えんりょ》なんてしなくていいよ。なっちゃんもいっしょにまわろう。だって、ひとりだと心細《こころぼそ》いでしょ？」

正直言《しょうじきい》うとそのとおり。

だけど、せっかくの文化祭《ぶんかさい》だ。ふたりの邪魔《じゃま》をしたくない。

「ううん、ホント平気《へいき》だから。ひとりであちこち見《み》てまわりたいし！」

「でも……」

まだ引《ひ》きとめようとするケン兄《にい》に、

「じゃあ、またね！　今日《きょう》はありがとう」

強引《ごういん》にそう言《い》うと、わたしは手《て》をふって、その場《ば》からかけだした。


（は〜っ、やれやれ）

ケン兄《にい》たちと別《わか》れて、ひとりで校舎《こうしゃ》のなかをぶらぶらと歩《ある》きまわる。

中学《ちゅうがく》に入学《にゅうがく》したばかりのときは、中学《ちゅうがく》って広《ひろ》いなあなんて思《おも》ってたけど、高校《こうこう》のほうがずうっと広々《ひろびろ》していて、しかも新《あたら》しい。

グラウンドだって三面《めん》もあるし、体育館《たいいくかん》もふたつある。

あちこちで模擬店《もぎてん》をしているけれど、それもけっこう本格的《ほんかくてき》だ。

さっきのぞいた教室《きょうしつ》では、かなりマニアックなアニメの展示《てんじ》をしていたし、自作《じさく》のまんがやイラストを販売《はんばい》しているお店《みせ》もあった。

わたしにはよくわからないオブジェの展示《てんじ》もあったし。

(高校《こうこう》って自由《じゆう》でいいなあ)

みんなに理解《りかい》してもらえそうにないものを、『自分《じぶん》はこれが好《す》きなんだ』って全力《ぜんりょく》で主《しゅ》張《ちょう》できる場所《ばしょ》。

わたしも高校生《こうこうせい》になったら、そういう場所《ばしょ》を見《み》つけられるんだろうか。

「おい」

いきなり、うしろから声《こえ》をかけられてふりかえる。

そこには、私服姿《しふくすがた》の祥吾《しょうご》が立《た》っていた。

「えっ、なんで祥吾《しょうご》がここにいんの？　ケン兄《にい》の演奏《えんそう》、どっかで見《み》てたの？」

わたしの質問《しつもん》には答《こた》えずに、祥吾《しょうご》はむすっとした顔《かお》のまま、わたしにチケットを差《さ》しだした。

「これ、兄貴《あにき》がおまえにわたせって」

まじまじとそのチケットを見《み》る。

どうやら二千円分《にせんえんぶん》の金券《きんけん》になっているようだ。

「え、いいよ。わたし、もう帰《かえ》るし。祥吾使《しょうごつか》えば？」

ことわったのに、祥吾《しょうご》は無理《むり》やりチケットを押《お》しつけてくる。

「いらねえよ。兄貴《あにき》がおまえにって言《い》ってんだから、素直《すなお》にもらっときゃいいだろ」

（なによ、その言《い》い方《かた》！）

ムカッときたけど、ここで言《い》い合《あ》いをしてもしかたない。

わたしはしぶしぶ祥吾《しょうご》からチケットを受《う》けとった。

（あー、でも、こんなのもらっても、ひとりでなにに使《つか》ったらいいんだろ？）

チケットを手《て》に悩《なや》んでたら、
ぐう～っ
どこからともなくまぬけな音《おと》が聞《き》こえてきた。

顔《かお》をあげると、祥吾《しょうご》の浅黒《あさぐろ》い肌《はだ》が、みるみる赤《あか》く染《そ》まっていく。

「もしかして祥吾《しょうご》、おなか減《へ》ってるの？　じゃあこのチケット使《つか》って、なんか食《た》べれば？」

わたしが言《い》うと、祥吾《しょうご》はますます顔《かお》を赤《あか》くして首《くび》をふった。

「いらねえって！　俺《おれ》、腹《はら》なんて減《へ》ってねえし！」

きゅるきゅるきゅるきゅるきゅるきゅる

さっきよりも大《おお》きな音《おと》が聞《き》こえてきた。
プッ
思《おも》わず吹《ふ》きだすと、祥吾《しょうご》は耳《みみ》まで真《ま》っ赤《か》になって、帽子《ぼうし》を目深《まぶか》にかぶりなおした。

6 ゲームコーナー

「お好《この》み焼《や》きと、やきそばのセット。それからコーラとおにぎりふたつ」

祥吾《しょうご》はオーダーした食《た》べ物《もの》を受《う》けとると、テーブルにつくなり、がつがつ食《た》べはじめた。

（やっぱりおなか、減《へ》ってたんじゃん）

それなのに、『いらない』なんて言《い》っちゃって、そっちのほうが素直《すなお》じゃないんだから！

「あー、うまかった」

あっという間《ま》にぺろりと食《た》べおえて、祥吾《しょうご》は満足《まんぞく》そうにコーラを飲《の》みほした。

（はやっ！）

もう食《た》べおわっちゃったの？

わたしだったらそんな量《りょう》、そもそもぜんぶ食《た》べきれないし、万《まん》が一《いち》食《た》べられたとしても十倍《じゅうばい》くらい時間《じかん》がかかっちゃうよ！

「すっごい食欲《しょくよく》。掃除機《そうじき》ですいこんだみたいに、一瞬《いっしゅん》でぜえんぶ食《た》べちゃったじゃん」

「うるせえ」

祥吾《しょうご》はぷいっと横《よこ》をむいた。

「そういえばさ、小学校《しょうがっこう》のころ、わたしが初《はじ》めて作《つく》ったお菓子《かし》を祥吾《しょうご》んちの家族分《かぞくぶん》持《も》って行《い》ったときも、祥吾《しょうご》、ひとりでぜんぶ食《た》べちゃったよね？」

「そんな昔《むかし》のこと、覚《おぼ》えてねえよ」

(食《く》いしん坊《ぼう》なんだよなあ、祥吾《しょうご》は)

ケン兄《にい》は細身《ほそみ》ですらっとしているけれど、祥吾《しょうご》はがっちりしていて筋肉質《きんにくしつ》な感《かん》じ。

同《おな》じ兄弟《きょうだい》なのに見《み》た目《め》も性格《せいかく》もぜんぜんちがう。

「なんだよ」

わたしがじろじろ見《み》ていると、祥吾《しょうご》がぎろりとにらんできた。

「どうせ、兄貴《あにき》とぜんぜん似《に》てねえって思《おも》ってんだろ」

(ゲッ、ばれてる)

どきっとして視線《しせん》をそらした。

祥吾《しょうご》のやつ、なんでわたしの考《かんが》えてることがいちいちわかるんだろ。

そう思《おも》っていたら、祥吾《しょうご》はふふんと鼻《はな》で笑《わら》った。

「『なんでわかったんだろう？』とか思《おも》ってんだろ。おまえの考《かんが》えてることなんて、すぐわかるんだよ」

ムカーッ！

なによそれ。

それじゃあまるでわたしが単純人間《たんじゅんにんげん》みたいじゃん！

むうっとほっぺたをふくらませていたら、ふいに祥吾《しょうご》がぼそっとつぶやいた。

「おまえさ、今日《きょう》ひとりで兄貴《あにき》の文化祭《ぶんかさい》、よく来《こ》れたな」

「えっ、なんで？」

「最近《さいきん》おまえ、いっつも女子軍団《じょしぐんだん》と行動《こうどう》してんじゃん」

(女子軍団《じょしぐんだん》？)

それって、あずみたちのグループのことだろうか。

なんかとげのある言《い》い方《かた》！

「だってみんなケン兄《にい》のこと知《し》らないのに誘《さそ》えないよ。それに、今日《きょう》は映画《えいが》に行《い》くって言《い》ってたし」

言《い》い訳《わけ》するように言《い》うと、祥吾《しょうご》は空《から》になったコーラの紙《かみ》コップをぺこりとへこませた。

「いいんじゃね？　それで。集団《しゅうだん》でしょうもない話《はなし》してるよりは」

祥吾《しょうご》の言葉《ことば》に、どきりとした。

やばい。それも図星《ずぼし》だ。

「ね、ねえ、もう食《た》べおわったんでしょ。じゃあもう帰《かえ》る？」

話《はなし》を変《か》えようとわたしが聞《き》くと、祥吾《しょうご》は視線《しせん》を下《した》に落《お》とした。

テーブルの上《うえ》には、まだ千円分《せんえんぶん》のチケットが残《のこ》っている。

(これ、きっとケン兄《にい》が自分《じぶん》のおこづかいで買《か》ってくれたチケットだよなあ)

そのチケットを捨《す》ててしまうのはなんだか申《もう》し訳《わけ》ない。

そう思《おも》っていたら、ばちんと祥吾《しょうご》と目《め》が合《あ》った。

祥吾《しょうご》もたぶん、わたしと同《おな》じことを考《かんが》えていたのだろう。

「どっか、まわるか」

「……そうだね」

わたしたちは、しぶしぶイスから立《た》ちあがった。


ばしーん！

祥吾《しょうご》の投《な》げたお手玉《てだま》が、最後《さいご》の的《まと》をつきやぶる。

「おめでとうございます！　コンプリートです！」

首《くび》に大《おお》きな蝶《ちょう》ネクタイをつけた係《かかり》の人《ひと》が、がらんがらんと大《おお》きな鈴《すず》をならした。

「やったあ！」

思《おも》わずふたりでハイタッチする。

ここは、手芸部《しゅげいぶ》がやっているゲームコーナー。

半紙《はんし》でできた九枚《まい》のパネルをお手玉《てだま》を投《な》げつけて破《やぶ》ることができれば、手作《てづく》りのマスコットがもらえると書《か》いてあったので、祥吾《しょうご》に挑戦《ちょうせん》してもらったのだ。

「では、お好《す》きな商品《しょうひん》をおひとつずつお選《えら》びください」

係《かかり》の人《ひと》に言《い》われて、祥吾《しょうご》がわたしにあごでさす。

手芸部
ゲームコーナー
手芸部

「俺《おれ》いらねえし、おまえ、好《す》きなやつ選《えら》べば？」

「えーっ、いいの？　どれにしよう〜？」

台《だい》にならべられた手作《てづく》りのマスコットを前《まえ》に、目《め》をキラキラかがやかせる。

（野球《やきゅう》バカの祥吾《しょうご》も、たまには役《やく》に立《た》つじゃん。ちょっと見直《みなお》したかも）

うきうきしながら選《えら》んでいたら、台《だい》の前《まえ》に立《た》つお姉《ねえ》さんふたりがにこにこ笑《わら》いながら言《い》った。

「ふたりとも、中学生《ちゅうがくせい》？」

「あ、はい」

そう返事《へんじ》をすると、お姉《ねえ》さんはなにを思《おも》ったのか、

「デート？」

などと聞《き》いてきた。

（はっ？　わたしと祥吾《しょうご》が？）

そんなの、ありえないんですけど！

「ちっ、ちがいます！　ただのおさななじみで、今日《きょう》もたまたまここで会《あ》っただけだしっ」

すぐに全力《ぜんりょく》で否定《ひてい》したけれど、お姉《ねえ》さんたちはちっとも聞《き》いていない。

「へえ〜、おさななじみなんだあ」

「いいなあ、少女《しょうじょ》まんがみたいじゃーん」

きゃっきゃとうれしそうに笑《わら》いあっている。

「ほ、ほんとにそんなんじゃないですしっ！」

必死《ひっし》になって誤解《ごかい》を解《と》こうとしたら、髪《かみ》をふたつにくくったお姉《ねえ》さんが、目《め》をぱちくりさせた。

「えー、そうなの？　カッコいいじゃん、彼《かれ》。目《め》もとがキリッとしてるし、筋肉《きんにく》あるしさあ」

「ねーっ！　百発百中《ひゃっぱつひゃくちゅう》で的《まと》に当《あ》ててくれたし。男前《おとこまえ》だよねえ」

「……はっ？」

今度《こんど》はわたしが目《め》をぱちくりさせる番《ばん》だった。

祥吾《しょうご》が、カッコいい？

男前《おとこまえ》？

こんな野球小僧《やきゅうこぞう》が？

ちらっと横目《よこめ》で祥吾《しょうご》を見《み》る。

日焼《ひや》けした浅黒《あさぐろ》い肌《はだ》。

ひとえまぶたで切《き》れ長《なが》の目《め》は、いつだって不機嫌《ふきげん》そうに見《み》える。

服《ふく》だって、スポーツブランドのT《ティー》シャツにジャージで、ちっともおしゃれじゃないし！

祥吾《しょうご》にはお姉《ねえ》さんたちの話《はなし》は聞《き》こえてなかったみたい。

ポケットに手《て》をつっこんで、手持《ても》ち無沙汰《ぶさた》にあたりをきょろきょろ見《み》ている。

昔《むかし》からあたりまえみたいにいっしょにいたから、祥吾《しょうご》のこと、男子《だんし》としてなんて見《み》たことない。……でも、もちろん女子《じょし》の友《とも》だちともぜんぜんちがうんだけど。

じっと見《み》ていたら、わたしの視線《しせん》に気《き》がついた祥吾《しょうご》が、急《きゅう》にむっとした顔《かお》になった。

「なに、ぼさっとしてんだよ。いいから、早《はや》く選《えら》べよ」

「うるさいな。わかってるよ」

ぱっと視線《しせん》をそらす。

やだやだやだ。

お姉《ねえ》さんたちに変《へん》なこと言《い》われたし、なんか今《いま》、どきっとしちゃったじゃん！

わたしは目《め》の前《まえ》にある手作《てづく》りグッズを適当《てきとう》にふたつ選《えら》んだ。

「す、すみません、これいただきますっ！」

わしづかみにすると、

「はい、どうぞ。ペアで使《つか》ってね」

笑顔《えがお》で告《つ》げられた。

（ん？　ペア？）

手《て》のなかのマスコットを見《み》る。

どうも無意識《むいしき》に同《おな》じ服《ふく》を着《き》た犬《いぬ》のマスコットを選《えら》んでしまったようだ。

「文化祭《ぶんかさい》、楽《たの》しんできてね～」

ふたりはにこにこ笑《わら》って見送《みおく》ってくれた。

7　ムカつく！

（あ〜あ、誤解《ごかい》されちゃった）

さっきゲットした手作《てづく》りグッズを見《み》て、こっそり息《いき》をつく。

でもまあ、知《し》らない人《ひと》たちだし、かわいいマスコットももらえたからいっか……。

そう思《おも》いなおしてマスコットをかばんに入《い》れようとして、あっと気《き》がついた。

「ねえ見《み》て。これ、ちょっとワン太郎《たろう》に似《に》てない？」

わたしが聞《き》くと、

「はあ〜？　ワン太郎《たろう》？」

祥吾《しょうご》はしかめっ面《つら》でわたしの手《て》もとをのぞきこんできたけど、マスコットを見《み》たとたん、
にやっと笑《わら》った。

「……メシやるときに、『待《ま》て！』って言《い》ったときの顔《かお》だな、これ」

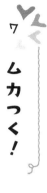

「あ、わかる！　ワン太郎《たろう》、いっつもべろーんって舌出《したで》てるもんね」

ぷーっとふたりで笑《わら》いあう。

「あいつさあ、意地《いじ》きたねえんだよな。メシの時間《じかん》になったらいっつも俺《おれ》の足《あし》もとによちよち歩《ある》いてきてすわってるし」

「それって、祥吾《しょうご》が食《た》べこぼしばっかするからじゃないの？」

思《おも》いがけず、ワン太郎《たろう》の話題《わだい》で盛《も》りあがってしまった。

あははと笑《わら》う祥吾《しょうご》の顔《かお》を見《み》て、ふっと思《おも》う。

（いっつもむすーっとしてるけど、笑《わら》ったらけっこうケン兄《にい》と似《に》てるかも）

そういえば、あの日《ひ》、わたしが家《いえ》の前《まえ》でワン太郎《たろう》をかかえて泣《な》いていたとき、最初《さいしょ》に声《こえ》をかけてきたのは祥吾《しょうご》だった。

「おまえ、その犬《いぬ》どうしたんだよ」って聞《き》いてきたから、泣《な》きながら説明《せつめい》したら、祥吾《しょうご》もどうしていいかわからなかったみたいで、わたしのとなりで所在《しょざい》なげに立《た》っていた。

ふたりで家《いえ》の前《まえ》に立《た》ちつくしていたら、塾《じゅく》から帰《かえ》ってきたケン兄《にい》が声《こえ》をかけてくれて、ワン太郎《たろう》を飼《か》ってもらえるようになったんだっけ。

けっきょく助《たす》けてくれたのはケン兄《にい》だったけど、ひとりで心細《こころぼそ》かったからそばにいてくれるだけで心強《こころづよ》かったな。

マスコットを手《て》に笑《わら》っている祥吾《しょうご》の顔《かお》を見《み》て、そんなことを思《おも》いだす。

「よお、祥吾《しょうご》」

そのとき、とつぜんだれかに声《こえ》をかけられた。

だれだろうとふりかえると、笹谷高校《ささたにこうこう》の制服《せいふく》を着《き》た男《おとこ》の人《ひと》がふたり立《た》っていた。

ひとりは茶髪《ちゃぱつ》で派手《はで》な感《かん》じ。もうひとりに、まゆ毛《げ》が妙《みょう》にきれいに整《ととの》えてある坊主頭《ぼうずあたま》で

どちらも知《し》らない顔《かお》だ。

(祥吾《しょうご》の知《し》り合《あ》いかな)

そう思《おも》っていたら、祥吾《しょうご》が「ウッス」と短《みじか》くあいさつをした。

「少年野球《しょうねんやきゅう》のときの先輩《せんぱい》で、森《もり》さん」

祥吾《しょうご》が、小声《こごえ》でわたしに言《い》う。

(あっ、そうなんだ)

わたしも、ひょこっと頭《あたま》を下《さ》げる。

「ひさしぶり。建都《けんと》の太鼓《たいこ》、観《み》に来《き》たの？」

祥吾《しょうご》が『森《もり》さん』と呼《よ》んだ坊主頭《ぼうずあたま》の人《ひと》が、わたしと祥吾《しょうご》を見《み》くらべながら聞《き》いてきた。

「そうっス」

短《みじか》く祥吾《しょうご》が返事《へんじ》をすると、森《もり》さんは「ふ〜ん」と言《い》いながらじろじろわたしを見《み》た。

「この子《こ》、おまえの彼女《かのじょ》？」

（ゲッ！）

わたしはあわててうつむいた。

なんでみんな、ふたりでいっしょにいるだけで、そんな誤解《ごかい》しちゃうのよ〜〜っ！

わたしのとなりで祥吾《しょうご》がすごいいきおいで手《て》と首《くび》を横《よこ》にふった。

「ち、ちがいます！　こいつ、家《いえ》が近所《きんじょ》で偶然《ぐうぜん》ここで会《あ》っただけで、そんなんじゃないっス」

しどろもどろでそう言《い》うと、森《もり》さんは「へえ〜っ」とすっとんきょうな声《こえ》をあげた。

「そうなんだ。かわいいのに」

（へっ）

わたしはおどろいて顔《かお》をあげた。

初対面《しょたいめん》の人《ひと》に、『かわいい』なんて、生《う》まれて初《はじ》めて言《い》われたかも！

そう思《おも》っていたら、

「ぜっ、ぜんぜんっス。こいつ、女《おんな》っぽくないし、俺《おれ》のまわりでかわいいなんてだれも言《い》わねえし」

祥吾《しょうご》が、早口《はやくち》でわたしのことを全否定《ぜんひてい》しはじめた。

はあ？　なによ、それ。

そこまで言《い》う必要《ひつよう》ある？

むかむかきて、全身《ぜんしん》の血《ち》が煮《に》えたぎる。

「おまえなあ、なにそんなムキになってんだよ、変《へん》なやつ。……じゃあ、またな」

森《もり》さんは、ひらひらと手《て》をふると、茶髪《ちゃぱつ》の人《ひと》といっしょに行《い》ってしまった。

「あのさ、今《いま》の……」

祥吾《しょうご》がわたしのほうにふりかえってなにか言《い》おうとしたけど、わたしはすぐにさえぎった。

「じゃあねっ、わたし、もう帰《かえ》るしっ」

そう言《い》って、その場《ば》からかけだす。

なによなによなによっ！

どうせわたしはかわいくなんてないですよっ！

だからって、そんな言《い》い方《かた》しなくてもいいじゃん！

廊下《ろうか》を歩《ある》く人《ひと》ごみをすりぬけ、階段《かいだん》をかけおりる。

「あれっ、なっちゃん？」

途中《とちゅう》、未歩《みほ》ちゃんと歩《ある》くケン兄《にい》とすれちがったけど、わたしはそのまま足《あし》をとめずに昇降口《しょうこうぐち》まで走《はし》った。

校門《こうもん》を通《とお》りすぎ、バス停《てい》まで来《き》て足《あし》をとめる。

ぜいぜいと息《いき》を切《き》らして、うしろをふりかえったけど、もちろん祥吾《しょうご》は追《お》いかけてこない。

（べつに追《お》いかけてなんてこなくていいけどさっ！）

あーあ、ちょっとでもさっき、祥吾《しょうご》のこと見直《みなお》したなんて思《おも》って損《そん》した！

祥吾《しょうご》のバカバカバカ〜〜〜ッ！

8

言《い》えない気《き》持《も》ち

翌朝《よくあさ》になっても、わたしの機嫌《きげん》はなおらなかった。

「いってきますっ！」

玄関《げんかん》ドアをいきおいよく閉《し》めて、家《いえ》を出《で》る。

目《め》の前《まえ》にある祥吾《しょうご》の家《いえ》の門《もん》を見《み》ただけでも腹《はら》が立《た》つ。

わたしだって祥吾《しょうご》のことなんて、カッコいいとも思《おも》ってないし、男《おとこ》としても見《み》てないですよーだっ！

イーッと歯《は》をむきだしていたら、とつぜん祥吾《しょうご》の家《いえ》のドアが開《ひら》いた。

「ひっ」

おどろいて後《あと》ずさると、きょとんとした顔《かお》のケン兄《にい》が立《た》っていた。

「どうしたの、なっちゃん」

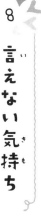

「べ、べつに！　おはよう、ケン兄《にい》」

あわてて笑顔《えがお》を作《つく》ってにっこり笑《わら》う。

「あ、そうだ。昨日《きのう》は来《き》てくれてありがとう」

「ううん、こちらこそ。すっごい楽《たの》しかった。未歩《みほ》ちゃんもかわいいね。あんな彼女《かのじょ》いるなんて知《し》らなかったよ～」

わたしが言《い》うと、ケン兄《にい》は照《て》れくさそうにうなずいた。

「うん、いい子《こ》だろ。俺《おれ》にはもったいない彼女《かのじょ》なんだ」

ほがらかにほほえむケン兄《にい》を、うらやましく見《み》つめる。

（いいなあ、わたしもこんなこと言《い》ってくれる彼氏《かれし》がほしいよ～！）

「あっ、それより、昨日祥吾《きのうしょうご》となんかあった？　帰《かえ》り、なっちゃんが泣《な》きそうな顔《かお》で走《はし》ってたの見《み》かけたから」

ケン兄《にい》が心配《しんぱい》そうにわたしの顔《かお》をのぞきこむ。

（ゲッ、見《み》られてたんだ）

一瞬《いっしゅん》ひるんだけど、わたしはすぐに笑顔《えがお》を作《つく》った。

「ううん、なんにもないよ。途中《とちゅう》で今日提出《きょうていしゅつ》の宿題《しゅくだい》をしてなかったこと思《おも》いだして、あわてて家《いえ》に帰《かえ》っただけだから」

苦《くる》しい言《い》い訳《わけ》をすると、ケン兄《にい》はじっとわたしを見《み》つめてから、「そっか」とほほえんだ。

「祥吾《しょうご》がなにか、なっちゃんをおこらせるようなこと言《い》ったのかなって心配《しんぱい》してたんだけど、祥吾《しょうご》に聞《き》いてもなんにも言《い》わないし」

（ふんだ、祥吾《しょうご》のやつ。わたしがなんでおこったかも、どうせわかってないんじゃないの？）

そう思《おも》っていたら、ケン兄《にい》が困《こま》ったように眉《まゆ》を下《さ》げた。

「あいつ、口下手《くちべた》だし、もしかしたらなっちゃんをおこらせるようなことしたかもしれないけど、根《ね》は悪《わる》いやつじゃないから、わかってやって」

ケン兄《にい》にそんな風《ふう》に言《い》われたら、それ以上《いじょう》なにも言《い》えなくなってしまう。

わたしはおとなしくうなずいた。

「じゃあ、急《いそ》ぐから俺《おれ》、先《さき》に行《い》くね。またワン太郎《たろう》見《み》においで」

ケン兄《にい》はさわやかに手《て》をふって、自転車《じてんしゃ》で行《い》ってしまった。

学校《がっこう》につくと、教室《きょうしつ》にはもうあずみが来《き》ていた。

「おはよう、昨日《きのう》はごめんね、行《い》けなくて」

顔《かお》を見《み》るなり謝《あやま》ると、あずみはちらっとわたしを見《み》て、

「昨日《きのう》？　……ああ、べつに」

どうでもよさそうに返事《へんじ》をした。

（あ〜あ、やっぱおこってるよ）

あずみのまわりには、昨日《きのう》いっしょに映画《えいが》を観《み》に行《い》った麗香《れいか》たちが集《あつ》まっている。

誘《さそ》いをことわったわたしへのあてつけなんだろう。

（でも、ホントに用事《ようじ》があったんだからしょうがないじゃん）

わたしは気《き》にしないようにして、自分《じぶん》の席《せき》へとむかった。


それからしばらく、わたしが話《はな》しかけてもあずみは不機嫌《ふきげん》そうな態度《たいど》をとっていたけど、お昼《ひる》ごはんを食《た》べおわるころには、やっとふだんどおりに話《はなし》をしてくれるようになった。

（やれやれ）

そう思《おも》ったのもつかの間《ま》、あずみは今日《きょう》は辻本《つじもと》さんではなく、なるたんの悪口《わるくち》を言《い》いはじめた。

「昨日《きのう》、みんなでしゃべってたんだけど、最近《さいきん》、なるたんってすっごいえらそうじゃない？」

「えっ、なるたん？」

わたしは思《おも》わず声《こえ》にだしてから、ちらっと教室《きょうしつ》のはしにすわるなるたんの姿《すがた》を見《み》た。

もうお弁当《べんとう》を食《た》べおえて、まいまいとなにかしゃべっている。

「このところ、先輩《せんぱい》から指示《しじ》受《う》けて、ウチらに注意《ちゅうい》とかしてくるじゃん。べつに一年《ねん》のリーダーってわけでもないのにさ」

（……うーん）

自分《じぶん》で言《い》うのもなんだけど、あずみをふくめてわたしたちは、練習中《れんしゅうちゅう》におしゃべりをしたり、基礎練《きそれん》もさぼりがち。

でも、なるたんはちがう。

ひとりで毎日《まいにち》きちんとトレーニングをこなしている。

だから先輩《せんぱい》たちに信用《しんよう》されて、リーダーみたいなあつかいを受《う》けるのはあたりまえだと思《おも》うんだけど。

「まあ、でも、なるたんが一番《いちばん》リーダーっぽいしね」

わたしがあたりさわりのない返事《へんじ》をしたら、あずみはむっとした顔《かお》になった。

「そんなの、だれが決《き》めたわけ」

「べつに決《き》まってないけど……」

だんだん声《こえ》が小《ちい》さくなる。

言《い》いたいことがあるのなら、わたしになんて言《い》わず、直接《ちょくせつ》なるたんに言《い》えばいいのに。

そう言《い》いかえしたいけれど、その一言《ひとこと》がでてこない。

あずみは、ますますなるたんへの不満《ふまん》をグチりだした。

前《まえ》に、なるたんに辻本《つじもと》さんの悪口《わるくち》をふってみたのに、まったく相手《あいて》にされなかったことを根《ね》に持《も》っているのだ。

(あ〜、めんどくさいなあ、もう)

つい、相《あい》づちを打《う》ちそうになって、あわてて口《くち》を引《ひ》きむすんだ。

(今日《きょう》はとりあえず、いっしょになって悪口《わるくち》を言《い》うのだけはやめておこう)

じゃないと、昨日《きのう》祥吾《しょうご》が言《い》っていた『しょうもない話《はなし》』をする女子《じょし》にわたしもカウントされてしまう。

なんとかあずみの悪口《わるくち》を聞《き》きながして、長《なが》い長《なが》いお昼休《ひるやす》みは終《お》わった。


ホームルームが終《お》わるチャイムがなって、今《いま》からやっと部活《ぶかつ》だ。

(あ〜、なんかもうすでにつかれちゃった)

そう思《おも》いながら、部活《ぶかつ》の用意《ようい》を始《はじ》める。

「あずみ、用意《ようい》できた?」

声《こえ》をかけても、あずみはまだのんびりと髪《かみ》をむすんでいる。

「あのさ、早《はや》く行《い》っても雑用《ざつよう》たくさんやらされるだけじゃん? だから、これからはゆっくり行《い》くことにしようって麗香《れいか》たちと決《き》めたんだ」

(え〜っ?)

わたしはうしろをふりかえって、なるたんの姿《すがた》をさがした。

なるたんは、もうさっさと部室《ぶしつ》にむかったようだ。

同《おな》じクラスなのに、わたしたちだけ遅《おく》れていったら、準備《じゅんび》をするのがいやで遅《おく》れたことがバレバレだ。

練習《れんしゅう》の準備《じゅんび》をするのは一年生《ねんせい》の仕事《しごと》。

それなのに遅《おく》れていったら、いつも一番《いちばん》に体育館《たいいくかん》に行《い》くなるたんが、ひとりで準備《じゅんび》することになってしまう。

「で、でも、なるたんもう行《い》っちゃったよ？」

おずおずそう言《い》うと、

「いいんじゃない？　あの子《こ》、ひとりが好《す》きなんだし」

あずみはあっけらかんとした調子《ちょうし》で言《い》った。

（そんなあ）

しばらくやきもきしていたけれど、あずみはその場《ば》から動《うご》こうとしない。

思《おも》いきってあずみを置《お》いていこうかと思《おも》ったけど、そんなことをしたら、あずみのことだ。

ぜったいにわたしに仕返《しかえ》ししてくるだろう。

そう考《かんが》えたらおそろしくなる。

しかたなく、わたしもイスに腰《こし》を下《お》ろす。
（あ～あ、わたしもなるたんみたいになれたらいいのにな）
自分《じぶん》に自信《じしん》を持《も》って、凛《りん》と背《せ》すじをのばして。
そしたら、あずみの行動《こうどう》にいちいちふりまわされることもないのに。
だらだらと準備《じゅんび》をするあずみを待《ま》ちながら、そっと小《ちい》さく息《いき》をついた。

9 変《か》わりたい

その日《ひ》の部活後《ぶかつご》、なるたんはわたしたちにむかってきっぱり言《い》った。

「今日《きょう》、わたしひとりで準備《じゅんび》したから、あとかたづけはみんなでやっといて。じゃあね、おつかれ」

早口《はやくち》にそう言《い》うと、さっさと体育館《たいいくかん》を出《で》ていった。

「なにあれー」

「感《かん》じわる〜い」

あずみと麗香《れいか》が口《くち》をとがらせる。

(でも、最初《さいしょ》の準備《じゅんび》を押《お》しつけたのはわたしたちなんだから、べつになるたんはまちがったこと言《い》ってないよ)

心《こころ》のなかでそう思《おも》ったけど、やっぱり口《くち》にだしては言《い》えない。

あずみたちは、まだぶつぶつ文句《もんく》を言《い》っている。

「ねえ、このままなんにもしないで帰《かえ》ろっか」

ふいに、あずみが言《い》った。

「そうだよ。どうせ、明日先輩《あしたせんぱい》におこられるだろうけど、そしたら先《さき》に帰《かえ》ったなるたんも同罪《どうざい》になるだろうし」

麗香《れいか》があずみのとなりでうなずく。

「ウチらだけがおこられるわけじゃないんだし、そうしよ」

みんな、すっかり盛《も》りあがってる。

「えーっ、それは……！」

思《おも》わず声《こえ》をだすと、みんながいっせいに、わたしのほうをふりかえった。

「え、なに？　夏月《なつき》はなるたんの味方《みかた》なわけ？」

「そっ、そういうわけじゃないけど……」

一度《いちど》くちびるをなめてから、続《つづ》ける。

「でも、体育館《たいいくかん》をそのまんまにして帰《かえ》るってやっぱよくないかなって思《おも》うし……」

だんだん小《ちい》さくなるわたしの言葉《ことば》に、あずみたちのうしろで、晴香《はるか》と琴美《ことみ》が不安《ふあん》げに目《め》を合《あ》わせる。

このふたりも、わたしと同《おな》じ。人《ひと》に合《あ》わせて、いやって言《い》えないタイプなのだ。

「……まあ、そうだよね」

「ほかの部活《ぶかつ》にも迷惑《めいわく》だし……」

晴香《はるか》と琴美《ことみ》が、遠慮《えんりょ》がちにぼそぼそ言《い》った。

すると、ふいに、あずみが声《こえ》を荒《あら》らげた。

「じゃあ、夏月《なつき》だけやれば？」

その声《こえ》に、みんながふりかえる。

「……えっ、わたし？」

「わたし、や〜らない。じゃあ、お先《さき》に！」

あずみはそう言《い》うと、さっさときびすをかえして体育館《たいいくかん》を出《で》ていった。

「わ、わたしもーっ」

「ばいばーい」

そのあとに、麗香《れいか》たちがついていく。

晴香《はるか》と琴美《ことみ》はしばらく顔《かお》を見合《みあ》わせていたけれど、

「……ごめん」

そう言《い》って立《た》ちあがった。

ぱたぱたと遠《とお》ざかっていく足音《あしおと》。

けっきょく、わたしひとりが取《と》りのこされてしまった。

これは、昨日《きのう》、あずみの誘《さそ》いをことわったわたしへの報復《ほうふく》だ。

自分《じぶん》の言《い》うことを聞《き》かなきゃこうなるんだぞって見《み》せしめにされたに決《き》まってる。

しばらく、ひざをかかえてうつむいていたけれど、したくちびるをきゅっとかみしめてから立《た》ちあがり、体育館中《たいいくかんじゅう》にちらばったバレーボールを集《あつ》めはじめた。

「はあ、やっと終《お》わった……！」

だだっぴろい体育館《たいいくかん》に、わたしの声《こえ》がこだまする。

わたしはへなへなとその場《ば》にすわりこんだ。

ボールを集《あつ》めるのはかんたんだったけど、ひとりでネットをたたむのはありえないくらい大変《たいへん》だった。

(でも、これ、なるたんもひとりでやったんだもんね)

いつの間《ま》にか、完全下校《かんぜんげこう》の放送《ほうそう》が流《なが》れている。

もう着《き》がえにもどってる時間《じかん》はない。

それより早《はや》く帰《かえ》らないと、わたしひとりでかたづけをしていたことが先生《せんせい》に見《み》つかって、ややこしいことになってしまう。

気合《きあ》いを入《い》れて立《た》ちあがろうとしたら、制服姿《せいふくすがた》の祥吾《しょうご》が、体育館《たいいくかん》の入《い》り口《ぐち》から顔《かお》を出《だ》した。

「おまえ、そこでなにやってんだよ」

(ゲッ、祥吾《しょうご》……!)

よりによって一番《いちばん》見《み》られたくない相手《あいて》に見《み》つかってしまった。

なんでもない顔《かお》を作《つく》って、立《た》ちあがる。

「なにって、部活《ぶかつ》のあとかたづけだけど? 祥吾《しょうご》こそ、体育館《たいいくかん》になんの用《よう》よ」

そう答《こた》えると、祥吾《しょうご》は靴《くつ》を脱《ぬ》いで体育館《たいいくかん》にずかずか入《はい》ってきた。

「今日《きょう》は俺《おれ》が体育委員《たいいくいいん》の当番《とうばん》なんだよ。先生《せんせい》から、とっくに女《じょ》バレの練習《れんしゅう》は終《お》わってるはずなのに、体育倉庫《たいいくそうこ》のカギが返却《へんきゃく》されてねえって言《い》われて、見《み》まわりに来《き》た」

すると、祥吾《しょうご》はあたりをきょろきょろ見《み》まわしてから、わたしをにらみつけた。

「なんでおまえひとりなんだよ」

「……それは」

とっさに言葉《ことば》につまる。

「ほかの一年《ねん》、もうとっくに帰《かえ》ったんじゃねえのか？　なのに、なんでおまえだけが居残《いのこ》りしてひとりであとかたづけしてんだよ」

うつむいてだまっていると、祥吾《しょうご》がはあっと大《おお》きく息《いき》をはいた。

「だまってねえで、なんとか言《い》えよ。おまえ、ほかのやつらに用事押《ようじお》しつけられたんだろ。なのに、なんにも言《い》いかえせねえで言《い》いなりになってんじゃねえのか？」

祥吾《しょうご》の声《こえ》はだんだん大《おお》きくなっていき、最後《さいご》には怒鳴《どな》り声《ごえ》になっていた。

わたしはかわいたくちびるを一度《いちど》なめてから、ゆっくりと答《こた》えた。

「……祥吾《しょうご》に言《い》ったって、どうせわかんないよ」

すると、祥吾《しょうご》は低《ひく》い声《こえ》でつぶやいた。

「おまえさ、自分《じぶん》って持《も》ってねえの？」

祥吾《しょうご》の言葉《ことば》に、カッと頭《あたま》に血《ち》が上《のぼ》る。

言《い》いかえしたからって、なにがどうなるっていうのよ。

ちょっとあずみに反発《はんぱつ》したくらいで、こんな仕打《しう》ちを受《う》けるんだよ？

祥吾《しょうご》なんかに、わたしの気持《きも》ちがわかるわけない。

「人《ひと》の意見《いけん》に流《なが》されてばっかいるから、いいように使《つか》われんだよ。いつまでも、そんなんでいいのかよ！」

祥吾《しょうご》の声《こえ》が、体育館中《たいいくかんじゅう》にひびく。

そんなこと、祥吾《しょうご》に言《い》われなくてもわかってる。

だけど、どうしていいかわからないから困《こま》ってるんじゃん！

「いいから、早《はや》く着《き》がえてこいよ。カギ閉《し》めなきゃいけないから」

わたしは床《ゆか》に置《お》いたかばんをつかむと、体育館《たいいくかん》シューズのままそこから飛《と》びだした。

「おい、待《ま》てよ！」

うしろから、祥吾《しょうご》の声《こえ》が聞《き》こえたけど、わたしは足《あし》をとめなかった。

そのまま家《いえ》までかけもどり、わたしはすぐに自分《じぶん》の部屋《へや》へと飛《と》びこんだ。

「夏月《なつき》ーっ！」

玄関《げんかん》から、おかあさんの声《こえ》が聞《き》こえる。

めずらしく、今日《きょう》は早《はや》く帰《かえ》ってきていたみたいだ。

「おむかいの祥《しょう》ちゃん来《き》てるよーっ！」

（……しつこいよ、もう！）

わたしはベッドに寝《ね》っころがったまま、おかあさんの声《こえ》が聞《き》こえないようにタオルケットを頭《あたま》からかぶった。

しばらくして、ドアのむこうからおかあさんが階段《かいだん》をあがってくる音《おと》が聞《き》こえてきた。

「ちょっと、夏月《なつき》ってば！」

いきなりドアが開《ひら》く音《おと》がした。

目《め》のはしに廊下《ろうか》の明《あ》かりがさしこんでくる。

(んもう、部屋《へや》に入《はい》るときはノックしてっていっつも言《い》ってるのに！)

だけど、だんまりを決《き》めこむ。

「あんた、体育館《たいいくかん》シューズで帰《かえ》ってきちゃったんでしょう。祥《しょう》ちゃんが、靴《くつ》、持《も》ってきてくれたよっ」

(……はっ、しまった！)

無我夢中《むがむちゅう》で飛《と》びだしてきたから、靴《くつ》のこと、忘《わす》れてた……！

しかたなくもぞもぞとタオルケットから顔《かお》だけ出《だ》すと、

「……わかった。気分悪《きぶんわる》いから、寝《ね》る」

それだけ言《い》って、またタオルケットのなかにもぐりこむ。

「えっ、気分悪《きぶんわる》いって、風邪《かぜ》？　熱《ねつ》はかった？」

おかあさんのうろたえる声《こえ》が聞《き》こえる。

明日《あした》も朝《あさ》から仕事《しごと》なのに、わたしを病院《びょういん》に連《つ》れていかなきゃいけなかったらどうしようって焦《あせ》ってるんだろう。

「ちょっとしんどいだけ。寝《ね》てたら治《なお》るから！」

タオルケットにもぐりこんだまま言《い》うと、

「……じゃあ、ごはん食《た》べられそうだったら下《お》りてきなさいね」

そう言《い》って、おかあさんはやっと部屋《へや》から出《で》ていった。

おかあさんが階段《かいだん》を下《お》りていく音《おと》を聞《き》きとどけてから、わたしはタオルケットをはねのけて飛《と》びおきた。
よく考《かんが》えたら、部活後《ぶかつご》の体操服《たいそうふく》のままだった。着《き》がえなきゃ、気持《きも》ち悪《わる》い。
クローゼットからT《ティー》シャツを引《ひ》っぱりだして着《き》がえていたら、
ぐーきゅるきゅる
おなかがなった。
（あ～、でもさっき気分《きぶん》が悪《わる》いって言《い》っちゃったから、今《いま》ごはん食《た》べに下《お》りたらおかあさんにあれこれ聞《き》かれちゃうだろうなあ）
両手《りょうて》を広《ひろ》げて、ぼすっとベッドにたおれこむ。

(……わたし、いったいなにやってんだろ)

小学校《しょうがっこう》のときから、女子《じょし》の間《あいだ》でもめごとってあったけど、中学《ちゅうがく》に入《はい》ってからというもの、気《き》が休《やす》まる日《ひ》がない。

(やっぱ、原因《げんいん》はあずみ、かなあ……)

初《はじ》めてしゃべりかけてきてくれたときは、仲《なか》よくなれると思《おも》ったのに、どうしてこんなことになっちゃったのかな。

(同《おな》じ部活《ぶかつ》に入《はい》ったのがよくなかったのかなあ)

あずみに誘《さそ》われるままに入《はい》った女子《じょし》バレーボール部《ぶ》。

わたし自身《じしん》は、バレーボールなんて好《す》きじゃないのに。

ふいにさっき、祥吾《しょうご》に言《い》われた言葉《ことば》を思《おも》いだした。

『おまえさ、自分《じぶん》って持《も》ってねえの?』

『いつまでも、そんなんでいいのかよ!』

ずきん
さっきはムカついたけど、ホントに祥吾《しょうご》の言《い》うとおり。

わたしはいつだってまわりに流《なが》されて、自分《じぶん》で勝手《かって》に傷《きず》ついてる。

（変《か》わりたいなあ……）

ベッドで大《だい》の字《じ》になって寝《ね》っころがっていたら、またおなかがきゅるるとなった。

10 ちぎれた紙《かみ》切《き》れ

次《つぎ》の日《ひ》。
わたしは暗《くら》い気持《きも》ちで学校《がっこう》にむかった。
げた箱《ばこ》でうわばきにはきかえようとしたら、カサッとなにか音《おと》がした。
（なんだろ）
見《み》ると、うわばきのなかにちぎれた紙切《かみき》れが入《はい》っている。
そこになぐり書《か》きのような文字《もじ》が書《か》いてあった。
『直球勝負《ちょっきゅうしょうぶ》』
（……祥吾《しょうご》のやつ）
これで、なぐさめてるつもり？　さすが野球《やきゅう》バカだ。
そう思《おも》ったけど、ふっと肩《かた》に入《はい》っていた力《ちから》がぬけた。

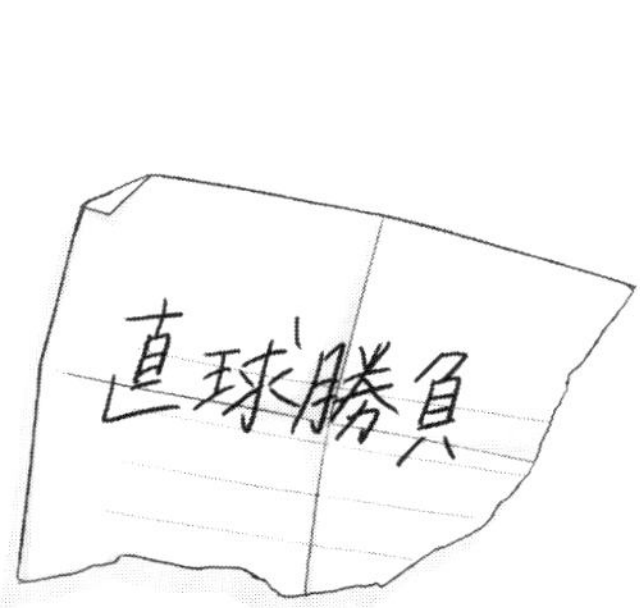

そうだよね。

直球勝負《ちょっきゅうしょうぶ》、やってやろうじゃん！

よしと気合《きあ》いを入《い》れて、教室《きょうしつ》に入《はい》ったものの、あずみはいつもと変《か》わらなかった。

昨日《きのう》、わたしひとりにあとかたづけを押《お》しつけて帰《かえ》ったことなんてなかったみたいな顔《かお》で、「おはよう」って言《い》ってきた。

「……おはよう」

わたしがそうかえすと、にこにこ笑《わら》って、昨日《きのう》のドラマの話《はなし》を始《はじ》めた。

（あずみ、もうおこってないのかな）

ホッとしかけて、ううんと頭《あたま》のなかで首《くび》をふる。

どうしてあずみが機嫌《きげん》がいいとわたしがホッとしなくちゃいけないんだ。

そうやって、あずみの機嫌《きげん》ばっかり気《き》にしてるから、ダメなんだよ。

わたしはわたし。

今日《きょう》からは、自分《じぶん》がいやだと思《おも》ったことは、きっぱりことわるようにしなきゃ！

むん！　とおなかの底《そこ》にもう一度《いちど》気合《きあ》いを入《い》れたけれど、それからしばらくは、何事《なにごと》も起《お》こらなかった。

事件《じけん》は、部活《ぶかつ》の前《まえ》に起《お》きた。

今日《きょう》こそ早《はや》めに行《い》かなきゃと、ホームルーム後《ご》、急《いそ》いで部活《ぶかつ》の用意《ようい》をしようとしたら、あずみが言《い》った。

「夏月《なつき》〜、なに急《いそ》いでんの？」

「なにって、昨日準備《きのうじゅんび》できなかったし、今日《きょう》は早《はや》く行《い》こうと思《おも》って」

わたしが言《い》うと、あずみは、肩《かた》をすくめた。

「なるたんは一年《ねん》のリーダーなんでしょ？　だったら準備《じゅんび》くらいやってもらえばいーじゃん。ウチらがやることないよ」

（……また、それか）

あずみは、わたしを試《ため》しているんだろう。

また昨日《きのう》と同《おな》じ目《め》に遭《あ》わせるぞって。

自分《じぶん》の言《い》うことを聞《き》かないやつは、友《とも》だちじゃないぞって。

だけど、友《とも》だちってそんなものなんだろうか？

準備《じゅんび》とあとかたづけは、わたしたち一年《ねん》の仕事《しごと》だ。

それを、なるたんひとりにやらせるなんて、いじめと大《たい》してかわらない。

あずみは、なるたんが、先輩《せんぱい》たちに頼《たよ》りにされていることがそこまで気《き》に入《い》らないんだろうか。

だからって、やり方《かた》が陰湿《いんしつ》すぎる！

「それって、いじめみたいじゃん」

思《おも》わず言《い》ってしまってから、自分《じぶん》でもおどろいた。

しまった。

つい、イラッとして本音《ほんね》を言《い》ってしまった。

あずみも、おどろいたような顔《かお》でわたしを見《み》ている。

ど、どうしよう。

今《いま》なら、笑《わら》ってごまかせる？

ううん、そしたらまたもとどおりだ。

わたしが言《い》ったことはまちがっていない。

べつにごまかす必要《ひつよう》なんて……。

「あっ、そう」

あずみの一言《ひとこと》で、まだ教室《きょうしつ》に残《のこ》っていた子《こ》たちがいっせいにわたしたちのほうをふりかえる。

「夏月《なつき》って、わたしのこと、そんな風《ふう》に思《おも》ってたんだ」

「……えっ」

あずみの剣幕《けんまく》に押《お》されて、言葉《ことば》が出《で》てこない。

「わかったよ。夏月《なつき》は夏月《なつき》の思《おも》うようにすれば？」

そう言《い》うと、あずみは自分《じぶん》のかばんをつかむと、教室《きょうしつ》のドアをたたきつけるようにして出《で》ていってしまった。

「女子《じょし》、こえ〜」

うしろから、男子《だんし》の声《こえ》が聞《き》こえる。

あたりを見《み》まわすと、クラスの子《こ》たちが遠巻《とおま》きにわたしを見《み》ている。

どうしよう。

あずみ、今《いま》のぜったいおこったよね。

わたし、取《と》りかえしのつかないこと、やっちゃった？

いまさらながら、足《あし》がふるえてきた。

祥吾《しょうご》にそそのかされてつい、あんなこと言《い》っちゃったけど、ホントにこれでよかったのかな……。

一瞬《いっしゅん》、そう思《おも》いかけたけど、あわてて首《くび》を横《よこ》にふった。

ううん、これでいいんだ。

じゃないと、またもとどおりになってしまう。

自分《じぶん》で自分《じぶん》に言《い》いきかせ、わたしも自分《じぶん》の荷物《にもつ》をつかんで教室《きょうしつ》を出《で》た。

部室《ぶしつ》で急《いそ》いで着《き》がえ、体育館《たいいくかん》につくと、思《おも》ったとおりあずみはわたしから極端《きょくたん》に距離《きょり》を置《お》いて、目《め》すらも合《あ》わそうとしなかった。

「夏月《なつき》、あずみとなにかあったの？」

おずおずと、晴香《はるか》が聞《き》いてくる。

「……ええっと」

答《こた》えようとしたら、あずみのまわりに集《あつ》まる麗香《れいか》たちににらまれた。

麗香《れいか》は、あずみと同《おな》じ小学校出身《しょうがっこうしゅっしん》だ。

きっとわたしが部活《ぶかつ》に来《く》るまでに、あずみから話《はなし》を聞《き》いて、いっしょになってわたしを無視《むし》することにしたんだろう。

「ちょっと、一年生《ねんせい》ーっ、なにしゃべってるの。練習始《れんしゅうはじ》まるよっ」

二年《ねん》の先輩《せんぱい》たちに注意《ちゅうい》されて、わたしたちはだまって準備《じゅんび》を続《つづ》けた。


けっきょく、わたしたち一年《ねん》は、今日《きょう》一日《にち》、あずみの味方《みかた》になっている麗香《れいか》たちと、ふだんからあずみのことをあんまりよく思《おも》っていなかった晴香《はるか》たちがわたしの味方《みかた》につくような形《かたち》になって、ぱかっとふたつに分裂《ぶんれつ》してしまった。

練習後《れんしゅうご》、なるたんが先輩《せんぱい》に呼《よ》ばれて、一年《ねん》で話《はな》し合《あ》いをするようにって言《い》われたんだけど、なにも解決《かいけつ》しないまま終《お》わってしまった。

あずみはといえば、「練習《れんしゅう》の準備《じゅんび》に早《はや》く行《い》こうって言《い》ったのに、夏月《なつき》が来《こ》なかった」とか、「夏月《なつき》は準備《じゅんび》もあとかたづけもめんどくさがってる」とか、あることないこと言《い》っていたけど、わたしはそれに対《たい》していっさい反論《はんろん》しなかった。

ほかの子《こ》たちも、あずみがウソをついてるってわかってるはずなのに、だれもなにも言《い》わない。さっきまで、わたしの味方《みかた》についていたはずの晴香《はるか》たちも、遠巻《とおま》きにわたしを見《み》ている。

理由《りゆう》はわかってる。

この勝負《しょうぶ》、わたしに勝《か》ち目《め》がないと計算《けいさん》して、あっさりわたしを見《み》かぎったのだ。

ここでわたしの味方《みかた》をすれば、今度《こんど》は自分《じぶん》があずみの標的《ひょうてき》にされるって。

つまりは、そういうことなんだろう。

(ばっかみたい)

中学《ちゅうがく》に入《はい》ってから、三か月《げつ》。

部活《ぶかつ》にも、クラスにも、友《とも》だちはいるって思《おも》ってた。

でも、実際《じっさい》はどうだ。

わたしがピンチになったって、だれも助《たす》けてなんてくれない。

友《とも》だちなんて、最初《さいしょ》からいなかったんだ。

「夏月《なつき》」

ミーティング後《ご》、逃《に》げるように校門《こうもん》にむかおうとしたら、うしろから呼《よ》びとめられた。

ふりかえると、なるたんがわたしをじっと見《み》つめて立《た》っている。

「あずみと、なんかあった？」

まっすぐな瞳《ひとみ》で見《み》つめられ、わたしはうつむいた。

そんな目《め》で見《み》ないでほしい。

なんだか、自分《じぶん》がみじめになる。

ずっとだまっていたら、なるたんは重《かさ》ねて言《い》った。

「悩《なや》んでることがあるなら、聞《き》くよ？」

その言葉《ことば》に、カッと顔《かお》が熱《あつ》くなる。

「言《い》ったって、なるたんには、どうせわたしの気《き》持《も》ちなんて、わかんないよ」

わたしは投《な》げつけるようにそう言《い》うと、その場《ば》から走《はし》りさった。

11 ストレス発散《はっさん》！

家《いえ》まで走《はし》って帰《かえ》り、自分《じぶん》の部屋《へや》へ直行《ちょっこう》した。

あー、サイアク。

なるたんにまで、あんなこと言《い》っちゃった。

おそるおそる、机《つくえ》の上《うえ》で充電《じゅうでん》しているスマホに手《て》をのばす。

だれかから、メッセージが届《とど》いているかなと思《おも》ったけど、なにもなかった。

念《ねん》のため、バレー部《ぶ》のグループも見《み》たけど、なんの書《か》きこみもない。

（そりゃあそうだよね。わたし以外《いがい》の子《こ》たちでグループを作《つく》って、そこでわたしの悪口《わるくち》を言《い》いあってるんだろうから）

ふうっとため息《いき》をつく。

その場《ば》にいない子《こ》の悪口《わるくち》で盛《も》りあがって、それで絆《きずな》を深《ふか》めるなんて、サイテー。

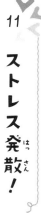

だから、女子《じょし》のグループはいやなんだ。

そう思《おも》いかけて、ふっと笑《わら》う。

よく言《い》うよ。

今《いま》まで、わたしもそのなかにいたくせに。

わたしにあずみたちを悪《わる》く言《い》う資格《しかく》なんてない。

「あ～あ、明日《あした》、学校《がっこう》行《い》くのいやだなあ……」

今日《きょう》は火曜日《かようび》。

もしも明日《あした》、おかあさんにウソをついて学校《がっこう》を休《やす》んだとしても、休《やす》めるのはせいぜい一日《にち》だけ。週末《しゅうまつ》はまだ先《さき》だ。

あと十日《とおか》ほどで夏休《なつやす》みになるけど、夏休《なつやす》みに入《はい》ってしまうと、今度《こんど》は朝《あさ》から晩《ばん》まで部活《ぶかつ》であずみと顔《かお》を合《あ》わせなきゃいけなくなる。

（どうしたらいいんだあ～～）

うがーっと髪《かみ》をかきむしる。

（よおし、こうなったら……！）

わたしはエプロンをしめてキッチンに立《た》った。
今日《きょう》はラッキーなことに、おかあさんは遅番《おそばん》の日《ひ》。帰《かえ》ってくるのは八時半《じはん》ごろだ。
晩《ばん》ごはんは、冷凍《れいとう》のギョーザを焼《や》いておくようにってメモが置《お》いてあるけど、わたしは
そのメモをゴミ箱《ばこ》に捨《す》てた。
冷蔵庫《れいぞうこ》をのぞいて、中身《なかみ》を確認《かくにん》する。
たまごとバターくらいしかないかあ……。
キッチンのひきだしをあちこちさぐり、材料《ざいりょう》をかき集《あつ》める。
「しかたない。今日《きょう》はありきたりだけど、パウンドケーキにしとくか」
キッチン台《だい》にどんとボウルをのせて、腕《うで》まくりをする。
たまごを三《みっ》つに、無塩《むえん》バターを百五十《ひゃくごじゅう》グラム。
砂糖《さとう》を百三十《ひゃくさんじゅう》グラム、キッチンスケールで量《はか》る。
わたしの趣味《しゅみ》は、お菓子作《かしづく》り。
ストレスがたまったら、無性《むしょう》にお菓子《かし》が作《つく》りたくなる。

きっかけは、小学校《しょうがっこう》のとき。

家《いえ》でひとりでお留守番《るすばん》をしていたとき、あんまりヒマすぎて雑誌《ざっし》にのっていたお菓子《かし》のレシピを見《み》よう見《み》まねで作《つく》ってみたら、けっこう上手《じょうず》にできたから。

おかあさんが家《いえ》にいると、用具《ようぐ》をきちんとかたづけろとか、キッチンを汚《よご》すなとかごちゃごちゃうるさいから、たいてい作《つく》るのは家《いえ》にひとりでいるとき。

無心《むしん》で生地《きじ》をかきまぜていたら、それまでくよくよ悩《なや》んでいたことも、どうだってよくなってくるから不思議《ふしぎ》だ。

小学校《しょうがっこう》のときまでは、ちょこちょこ作《つく》ってたんだけど、中学生《ちゅうがくせい》になってからはいそがしくて、なかなか作《つく》る時間《じかん》がなかった。

(久々《ひさびさ》だし、うまく作《つく》れるかな)

材料《ざいりょう》をひたすら泡《あわ》だて器《き》でかきまぜ、ひきだしに入《はい》っていた紅茶《こうちゃ》のティーバッグを牛乳《ぎゅうにゅう》で煮《に》だし、そっと生地《きじ》にまぜこむ。

紙《かみ》をしいた型《かた》に流《なが》しこみ、百八十度《ひゃくはちじゅうど》に予熱《よねつ》しておいたオーブンに入《い》れる。

しばらくしたら、あたりにいい香《かお》りがただよってきた。

バターと紅茶《こうちゃ》のまざりあった甘《あま》い香《かお》りを、胸《むね》いっぱいにすいこむ。

チーン
タイマーが切《き》れた音《おと》に、オーブンの扉《とびら》をあける。

小麦色《こむぎいろ》に焼《や》けたパウンドケーキが、型《かた》からこんもりと顔《かお》を出《だ》していた。

「うんうん、いい感《かん》じ♪」

ケーキの粗熱《あらねつ》が取《と》れるまで、納豆《なっとう》どんぶりで適当《てきとう》に晩《ばん》ごはんをすませ、そっと型《かた》から外《はず》し、包丁《ほうちょう》で切《き》りわける。

そぎ落《お》としたミミの部分《ぶぶん》をかじってみた。

口《くち》のなかにバターとミルクティーのほのかな甘《あま》さが広《ひろ》がる。

「よーし、大成功《だいせいこう》！」

すっかり満足《まんぞく》し、お気《き》に入《い》りのお皿《さら》に盛《も》りつけて、スマホで画像《がぞう》を撮《と》りまくる。

（タイムラインにのせちゃおう）

操作《そうさ》しようとして、はっと気《き》がついた。

（……あっ、そうだ。わたし、今《いま》あずみにハブられてるんだっけ）

いつもなら、タイムラインに手作《てづく》りのお菓子《かし》をのせたら、みんなから『いいね！』ってスタンプが送《おく》られてきたり、『おいしそう』『わたしも食《た》べたい！』なんてコメントでうめつくされるのに。

「あ〜あ、作《つく》ったはいいけど、どうしよ。これ」

おとうさんは甘《あま》いものが好《す》きじゃないし、おかあさんもこんなにたくさん食《た》べたりしないだろう。

それよりも、まともに晩《ばん》ごはんも食《た》べず、だれかにあげるあてもないのにケーキを一本《いっぽん》焼《や》いたなんて知《し》ったら、おかあさん、おこるだろうな。材料《ざいりょう》がもったいないって。

せっかく気分《きぶん》があがったのに、なんだか急《きゅう》に現実《げんじつ》に引《ひ》きもどされてしまった。

時間《じかん》を見《み》ると、午後《ごご》八時前《じまえ》。あと三十分《さんじゅっぷん》もしたら、おかあさんが帰《かえ》ってくる。

そのとき、家《いえ》の前《まえ》でキキッとブレーキをかけるような音《おと》が聞《き》こえた。

カーテンをひいて窓《まど》の外《そと》を見《み》る。

ちょうど、ケン兄《にい》が高校《こうこう》から帰《かえ》ってきたところみたい。

自転車《じてんしゃ》をガレージに入《い》れようとしていた。

（あっ、そうだ）

わたしは急《いそ》いで玄関《げんかん》から外《そと》に出《で》た。


「ケン兄《にい》！」

わたしが声《こえ》をかけると、ちょうど家《いえ》に入《はい》ろうとしていたケン兄《にい》が足《あし》をとめた。

「あれっ、なっちゃん。どうしたの？」

「ちょっと待《ま》ってて！」

わたしはまた急《いそ》いで家《いえ》にもどって、さっき切《き》りわけたばかりのミルクティー味《あじ》のパウンドケーキを手早《てばや》くホイルにつつむと、またケン兄《にい》のところにもどった。

「これ、この間《あいだ》の文化祭《ぶんかさい》のチケットのお礼《れい》！」

まだあたたかいケーキをさしだすと、ケン兄《にい》が目《め》をまるくした。

「ウソ！　なっちゃんの手作《てづく》り？　もらっていいの？」

「うん！」

うなずいたら、ケン兄《にい》は「いただきまーす」と言《い》って、いきなり一口《ひとくち》かぶりついた。

「うめえ！」

ケン兄《にい》は目《め》をキラキラさせて、あっという間《ま》に一切《ひと》れ食《た》べおえた。

「部活帰《ぶかつがえ》りだし、めっちゃ腹《はら》へってたんだあ～」

（さっすがケン兄《にい》。ナイスリアクション！）

せっかくお菓子《かし》を作《つく》っても、うちのおとうさんやおかあさんみたいに反応《はんのう》がないとつまらない。

ケン兄《にい》みたいに、思《おも》いっきり食《た》べてくれたら、作《つく》ったかいがあるってもんだ。

「しかし、なっちゃん、上手《じょうず》になったね。俺《おれ》、何年《なんねん》ぶりになっちゃんの作《つく》ったお菓子《かし》、食《た》べたかなあ」

ケン兄《にい》の言葉《ことば》に、えーっと笑《わら》ってみせる。

「おおげさだよ。だって中学《ちゅうがく》に入《はい》る前《まえ》の春休《はるやす》み、わたしヒマだったから週《しゅう》に何度《なんど》もお菓子《かし》作《つく》ってケン兄《にい》のとこ、持《も》っていってたじゃん」

わたしが言《い》うと、ケン兄《にい》は二切《ふたき》れ目《め》に手《て》をのばして言《い》った。

「らしいね。でもそれ、俺《おれ》の口《くち》には入《はい》ってないもん。ぜんぶ祥吾《しょうご》が食《く》っちゃってさ」

「……へっ？　祥吾《しょうご》が？　それって昔《むかし》の話《はなし》じゃなくて？」

わたしは手《て》にケーキを持《も》ったまま、目《め》をぱちくりさせた。

「そうだよ。なっちゃんがせっかくうちの家族分《かぞくぶん》持《も》ってきてくれてたのにさ、ぜんぶひとりで食《く》ってたの」

「ええ〜〜〜っ、今《いま》もそうだったの？　わたしが昔《むかし》、そんなことあったねって言《い》ったら、覚《おぼ》えてねえって言《い》ってたくせに！」

思《おも》わずそう言《い》ったら、ケン兄《にい》はふっとほほえんだ。

「祥吾《しょうご》は、肝心《かんじん》なこと、言《い》わないやつだからなあ」

「……肝心《かんじん》なこと？」

わたしが聞《き》きかえすと、ケン兄《にい》がうなずいた。

「ワン太郎《たろう》のこともだよ。もしかしたらなっちゃん、ずっと誤解《ごかい》してるのかもって前《まえ》から思《おも》ってたんだけど」

ケン兄《にい》がそう前置《まえお》きをして、話《はな》してくれた。

昔《むかし》、ワン太郎《たろう》を飼《か》うようにおじさんやおばさんに交渉《こうしょう》してくれたのは、ケン兄《にい》じゃなくて、祥吾《しょうご》だったんだって。

「ウソ！　だって祥吾《しょうご》が言《い》ったんだよ？　ケン兄《にい》が頼《たの》んでくれたって」

思《おも》わず言《い》いかえしたら、ケン兄《にい》は目《め》を真《ま》ん丸《まる》にしてから、ぷーっと吹《ふ》きだした。

「ばかだなあ、あいつ。なんでそんなウソつくんだろ。『一生《いっしょう》のお願《ねが》い』って、泣《な》きながらうちの親《おや》に頼《たの》んでたのに」

ええええ、そうだったの〜〜〜っ？

初《はじ》めて聞《き》くことばっかりで、口《くち》をあんぐりあける。

さんざん笑《わら》ったあと、ケン兄《にい》は真面目《まじめ》な顔《かお》にもどって言《い》った。

「祥吾《しょうご》って、不愛想《ぶあいそう》だし、あんましゃべんないし、なに考《かんが》えてるか、わかんないとこあるじゃん？」

ケン兄《にい》の問《と》いに、わたしはうんうんと全力《ぜんりょく》でうなずいた。

「でもさ、兄貴《あにき》の俺《おれ》が言《い》うのもなんだけど、あいつ、あれでけっこういいやつなんだ。だからなっちゃん、仲《なか》よくしてやってよ。ねっ？」

ケン兄《にい》ににこっとほほえまれて、なにも言《い》えなくなってしまう。

（……まあ、たしかに悪《わる》いやつだとは思《おも》わないけど）

祥吾《しょうご》がわたしに言《い》ってくることって、たいていムカつくんだけど、図星《ずぼし》なことが多《おお》い。

それって、祥吾《しょうご》がわたしのこと、ちゃんとわかってくれてるからなのかな。

ぼんやりそう考《かんが》えていたら、ケン兄《にい》が手《て》に持《も》っていたケーキのつつみを持《も》ちあげた。

「ところでこのケーキ、ぜんぶもらっていいのかな？」

ケン兄《にい》の問《と》いに、あわててうなずく。

「あ、うん。もちろん！」

「祥吾《しょうご》にもわけてやろうっと。でもあいつ、またぜんぶ食《た》べちゃうかもね」

ケン兄《にい》が意味《いみ》ありげに笑《わら》う。

「あ、なっちゃん、またひとりでお留守番《るすばん》だったら、ウチ来《く》る？　いっしょにこのケーキ食《く》おうよ」

ケン兄《にい》が誘《さそ》ってくれたけど、

「いい。まだ宿題《しゅくだい》も終《お》わってないし、おかあさんももうすぐ帰《かえ》ってくるから」

丁重《ていちょう》にことわった。

だって、今《いま》のケン兄《にい》の話《はなし》を聞《き》いたあと、どんな顔《かお》で祥吾《しょうご》と会《あ》えばいいのかわからなかったから。

じゃあまたねと言《い》って、ケン兄《にい》と別《わか》れた。

家《いえ》に入《はい》る前《まえ》に、空《そら》を見上《みあ》げた。

雲《くも》の隙間《すきま》に、ぽつぽつ光《ひか》る星《ほし》を見《み》つめる。

(なんか今日《きょう》は、いろいろあった日《ひ》だったなあ)

でも、さっきまでのもやもやした気持《きも》ちがなんだかちょっと晴《は》れたような気《き》がする。

あずみとケンカ別《わか》れしたことは、なんにも解決《かいけつ》していないのに。

(とりあえず、明日《あした》は学校《がっこう》に行《い》こう)

心《こころ》のなかでそう決《き》めて、わたしは家《いえ》のドアを押《お》した。

12 本当《ほんとう》にやりたいこと

翌日《よくじつ》、学校《がっこう》についても、あずみはわたしのことを見《み》て見《み》ぬふりをした。

葵《あおい》とゆりなも、話《はな》しかけてこない。

みんな、わたしがあずみと気《き》まずくなったことを知《し》っているみたいだ。

胸《むね》にチクッと痛《いた》みが走《はし》る。

(気《き》にしない、気《き》にしない)

わたしはおまじないみたいに心《こころ》のなかでそう唱《とな》えることにした。

(だけど、やっぱりなるたんには謝《あやま》っとかなきゃな……)

昨日《きのう》、せっかくなるたんはわたしに声《こえ》をかけてくれたのに、わたしはいやなことを言《い》ってしまった。ちゃんと謝《あやま》らなきゃ。

そう決《き》めていたのに、謝《あやま》るタイミングを見《み》つけることができない。

休《やす》み時間《じかん》に声《こえ》をかけようって思《おも》うけど、あずみがこっちを見《み》ていると思《おも》うとなかなか話《はな》しかけられない。

部活《ぶかつ》でも、みんなの目《め》があってなかなか声《こえ》をかけられなかった。

そんな日《ひ》がしばらく続《つづ》いたけれど、わたしは根性《こんじょう》で学校《がっこう》に行《い》った。

教室《きょうしつ》でも、部活《ぶかつ》でも、ひとりぼっちだったけど、タイミングがいいことに短縮授業《たんしゅくじゅぎょう》が始《はじ》まり、そこまでひとりを意識《いしき》せずにすんだ。

（それより、早《はや》くなるたんに謝《あやま》らなきゃ！）

チャンスは、とつぜんおとずれた。

いつもみたいに着《き》がえを終《お》えたなるたんが、ひとりでさっさと部室《ぶしつ》を出《で》ていったところで、思《おも》いきってあとを追《お》いかけた。

「なるたん」

呼《よ》びとめると、なるたんはおどろいた顔《かお》でふりかえった。

「なに？」

（は、早《はや》く言《い》わなきゃ……）

わたしは体操服《たいそうふく》のすそをぎゅっとにぎって一息《ひといき》に言《い》った。

「……あの、この間《あいだ》は変《へん》なこと言《い》って、ごめんね」

なるたんは気《き》にしていないって言《い》ってくれて、反対《はんたい》に謝《あやま》ってくれた。

「こっちこそ、なんにもわからずに、えらそうに言《い》っちゃってごめん」って。

その言葉《ことば》に、申《もう》し訳《わけ》ない気持《きも》ちでいっぱいになる。

「けど、もしも言《い》いたくなったときは、いつでも聞《き》くから、遠慮《えんりょ》しないで言《い》ってよ」

（……なるたん）

あんなひどいこと言《い》っちゃったのに、まだそんなやさしい言葉《ことば》をかけてくれるなんて。

そう思《おも》ったら、胸《むね》がいっぱいで泣《な》きそうになる。

「じゃあ、わたし、塾《じゅく》あるし、先《さき》に帰《かえ》るね」

なるたんはそう言《い》って帰《かえ》っていった。

わたしは「ありがとう」と言《い》うだけでせいいっぱいだった。

（なるたん、やっぱりいい子《こ》だなあ……）

それにくらべて、わたしはぜんぜんだめ。

もっと自分《じぶん》の気持《きも》ちを素直《すなお》に話《はな》せたらよかったのに、なんにも言《い》えなかった。

帰《かえ》り道《みち》、肩《かた》を落《お》としてとぼとぼ歩《ある》いていたら、坂道《さかみち》を曲《ま》がったところで、前《まえ》を歩《ある》く祥吾《しょうご》のうしろ姿《すがた》が見《み》えた。

（ゲッ、祥吾《しょうご》！）

前《まえ》にケン兄《にい》に祥吾《しょうご》の話《はなし》を聞《き》いてから、学校《がっこう》でも極力《きょくりょく》祥吾《しょうご》と顔《かお》を合《あ》わせないようにしてきた。なのに、こんなところで出《で》くわしてしまうなんて……！

とっさにもと来《き》た道《みち》をもどろうかと迷《まよ》っていたら、ふいに祥吾《しょうご》がふりかえった。

「ひっ！」

思《おも》わず声《こえ》をあげたら、祥吾《しょうご》がムッとした顔《かお》になる。

「なに、人《ひと》の顔見《かおみ》て悲鳴《ひめい》あげてんだよ」

「べ、べべべべ、べつにっ？」

平静《へいせい》をよそおって言《い》ってみたけれど、この状態《じょうたい》で学校《がっこう》に引《ひ》きかえすのもわざとらしい。

わたしはしかたなく祥吾《しょうご》からすこし距離《きょり》をとって、うしろを歩《ある》くことにした。

「…………」

「…………」

おたがい、無言《むごん》で家《いえ》へと続《つづ》くゆるい坂道《さかみち》を歩《ある》く。

しばらくそうしていたけれど、ふいに祥吾《しょうご》が足《あし》をとめてふりかえった。

「おまえさ」

びくっとして、その場《ば》でのびあがる。

「な、なによ。またなんか文句《もんく》言《い》うわけ？」

だけど、祥吾《しょうご》はわたしの問《と》いかけを無視《むし》してそのまま続《つづ》けた。

「最近《さいきん》あの女子軍団《じょしぐんだん》といっしょにいねえみたいだけど、ケンカしたのか？」

祥吾《しょうご》のやつ、ちがうクラスなのになんでそんなこと知《し》ってるのよ。

だけど、ホントのことだから、否定《ひてい》もできない。

だまってうつむいていたら、祥吾《しょうご》がぼそっとつけたした。

「よかったじゃん」

「えっ」

思《おも》わず顔《かお》をあげる。

「なにがよかったのよ。ケンカしたんだよ？　いいわけないじゃん」

ムッとしてそう言《い》うと、祥吾《しょうご》はまっすぐわたしを見《み》つめて言《い》った。

「ケンカしたってことは、おまえが言《い》いたいこと言《い》えたってことだろ？　今《いま》までずっと言《い》えなかったんだから、よかったんだって」

祥吾《しょうご》のその言葉《ことば》に、わたしはぽかんと口《くち》をあけた。

そっか。

そう言《い》われてみれば、たしかにそうかも。

今《いま》までは、言《い》いたいことがあっても、ぜんぶ自分《じぶん》の心《こころ》のなかに閉《と》じこめていた。

だってそうしないと、ひとりぼっちにされちゃうから。

だけど、ここ数日《すうじつ》で、気《き》がついたことがある。

案外《あんがい》、ひとりぼっちって気楽《きらく》なんだなって。

言《い》いたいことも言《い》えずにみんなといっしょにいるときよりも、言《い》いたいことを言《い》ってひとりでいるほうが、さみしい気持《きも》ちにならないってことに。

道《みち》の真《ま》ん中《なか》で立《た》ちつくしていたら、祥吾《しょうご》が道《みち》ばたの石《いし》をこつんと蹴《け》った。

「前《まえ》から聞《き》こうと思《おも》ってたんだけどさ、おまえ、部活《ぶかつ》って楽《たの》しいわけ？」

「えっ」

どきんと心臓《しんぞう》がはねあがる。

前《まえ》に、葵《あおい》たちにも同《おな》じことを聞《き》かれたことがある。

でもあのときは、わたしが答《こた》えるよりも先《さき》にあずみが答《こた》えてしまった。

『楽《たの》しいよ』って。

でも、わたしは……。

「じゃ、じゃあ、祥吾《しょうご》はどう？　部活《ぶかつ》、楽《たの》しい？」

わたしが聞《き》きかえすと、祥吾《しょうご》はうんと即答《そくとう》した。

「俺《おれ》は野球《やきゅう》が好《す》きだからな。野球《やきゅう》さえできれば、あとのことは、どうでもいい。で、おまえはどうなの？」

祥吾《しょうご》が、射《い》るような瞳《ひとみ》でまっすぐにわたしを見《み》つめる。

「前《まえ》に聞《き》いたよな？　なんでバレー部《ぶ》に入《はい》ったんだって。おまえ、あのときごまかしてたけど、けっきょくそれも人《ひと》に流《なが》されて入《はい》っただけじゃねえの？」

「そ、そんなこと……」

言葉《ことば》につまる。

「おまえさあ、なんでいっつも人《ひと》にどう思《おも》われるかばっか気《き》にするの？　自分《じぶん》が本当《ほんとう》にやりたいことやるのに、いちいち悩《なや》む必要《ひつよう》なんてあるのか？」

わたしは……。

わたしの本当《ほんとう》にやりたいことは……。

パパッ
そこで、はっとわれにかえった。

すぐそばまで、荷物《にもつ》を積《つ》んだ軽《けい》トラックが近《ちか》づいている。

わたしはとっさに道《みち》のはしにより、通《とお》りすぎていく軽《けい》トラックを見送《みおく》った。

（部活《ぶかつ》、やめたいなあ……）

だけど、わたしの中学《ちゅうがく》は必《かなら》ずなにかの部活《ぶかつ》に入《はい》らなきゃいけないという規則《きそく》がある。

入部《にゅうぶ》して、三か月《げつ》。

いまさらバレー部《ぶ》をやめてほかの部活《ぶかつ》になんて入《はい》ったら、みんなにどう思《おも》われるだろう？

第一《だいいち》、ほかの部活《ぶかつ》っていったって、わたしにはなんにもとりえがない。

祥吾《しょうご》みたいに、これさえできれば、あとはどうでもいいなんて思《おも》えるほどのなにかが。

「……ごめん、先帰《さきかえ》るね」

わたしは、祥吾《しょうご》の視線《しせん》から逃《に》げるようにその場《ば》から走《はし》りだした。

13 小《ちい》さな勇《ゆう》気《き》

（わたしの本当《ほんとう》にやりたいことってなにかなあ……）

運動《うんどう》は苦手《にがて》だし、勉強《べんきょう》も得意《とくい》じゃない。

小学校《しょうがっこう》まではピアノを習《なら》っていたけど、特《とく》にうまかったわけでも好《す》きなわけでもなかったし。

（とりえなんてないんだよなあ、わたしには）

しょんぼりしながらごはんを食《た》べていたら、わたしの前《まえ》にすわっていたおかあさんがまゆをひそめた。

「夏月《なつき》ったら。このところ元気《げんき》ないわねえ」

「……べつに」

だまっておみそしるをすすっていたら、おかあさんがはしを置《お》いて「そうそう」と言《い》った。

「夏月《なつき》、この間《あいだ》、祥《しょう》ちゃんちにケーキ焼《や》いて持《も》っていったんだって？　今朝《けさ》、ゴミ出《だ》しのときに吉村《よしむら》さんに会《あ》って、お礼言《れいい》われたんだけど」

わたしは思《おも》わずおみそしるを吹《ふ》きだしそうになった。

晩《ばん》ごはんを作《つく》らずに、ケーキを作《つく》ってたなんて、なにか言《い》われるかも。

どう言《い》い訳《わけ》しようかびくびくしていたら、おかあさんがはあっと息《いき》をついた。

「ぜんぶあげちゃわないで、おとうさんとおかあさんの分《ぶん》くらい置《お》いといてくれたらよかったのに」

「えっ」

おどろいて顔《かお》をあげる。

「おかあさん、夏月《なつき》の作《つく》るお菓子《かし》、好《す》きなんだよ」

「……そうなの？」

おそるおそる聞《き》いたら、おかあさんは「そうよう」と口《くち》をとがらせた。

「夏月《なつき》が作《つく》るお菓子《かし》は、甘《あま》すぎないし、おなかにもたれないし、甘《あま》いものが好《す》きじゃないおとうさんもお気《き》に入《い》りなのよ。ホントはたくさん食《た》べたいけど、すぐになくならないようにって大事《だいじ》に大事《だいじ》に食《た》べてたら、夏月《なつき》はすぐに吉村《よしむら》さんちに持《も》ってってちゃうんだもん」

おかあさんがふてくされた顔《かお》で言《い》う。

（……そう、だったんだ）

わたしはあっけにとられてお椀《わん》をテーブルに置《お》いた。

おとうさんもおかあさんも、わたしがお菓子《かし》を作《つく》っても、毎回《まいかい》リアクションがうすかったから、てっきりうんざりしているのかなと思《おも》ってたのに。

「おかあさん、仕事《しごと》ばっかりで手作《てづく》りのお菓子《かし》なんて夏月《なつき》に作《つく》ってあげたことないのに、夏月《なつき》はいつの間《ま》にかそんなことができるようになったのねえ」

おかあさんが、みょうにしんみりした顔《かお》でわたしを見《み》る。

だけど、すぐにはっとして、

「あ、ゆっくり食《た》べてる場合《ばあい》じゃなかった。洗濯物《せんたくもの》、たたまなきゃ」

ばたばたと食《た》べおえた食器《しょっき》をかたづけはじめた。

（お菓子《かし》作《づく》り、かあ……）

わたしは今《いま》まで書《か》きためておいた自作《じさく》のレシピノートをぱらぱらとめくった。

たしかに、わたしの唯一《ゆいいつ》の趣味《しゅみ》であり、特技《とくぎ》でもあるかもしれない。

小学校《しょうがっこう》のころ、バレンタインやハロウィンのときに手作《てづく》りのお菓子《かし》をみんなにプレゼントしたら、「すっごい上手《じょうず》！」ってほめられたことがあったし。

（でも、部活《ぶかつ》とは関係《かんけい》ないしなあ……）

そう思《おも》いかけて、なにげなく机《つくえ》の上《うえ》にかざってあるマスコットを見《み》た。

この間《あいだ》、ケン兄《にい》の文化祭《ぶんかさい》に行《い》ったとき、祥吾《しょうご》が的当《まとあ》てでもらってくれた景品《けいひん》だ。

ワン太郎《たろう》に似《に》た犬《いぬ》のマスコットを目《め》の高《たか》さにぶらさげて、しばし考《かんが》える。

（……この的当《まとあ》てしてたの、たしか『手芸部《しゅげいぶ》』だったよな）

的当《まとあ》ての横《よこ》にあった部活紹介《ぶかつしょうかい》のボードには、『編《あ》み物《もの》や布小物《ぬのこもの》、手作《てづく》りアクセサリーなんかを市内《しない》のあちこちのフリマに出店《しゅってん》しています』って書《か》いてあったっけ。

（高校生《こうこうせい》はいいな。楽《たの》しそうな部活《ぶかつ》がいっぱいあって。中学《ちゅうがく》にはそんな部活《ぶかつ》……）

そこまで思《おも》いかけて、本立《ほんた》てにあるファイルを取《と》りだした。

入学《にゅうがく》してすぐに配布《はいふ》された部活紹介《ぶかつしょうかい》の冊子《さっし》をさがす。

「ええっと、たしかここらへんにしまったんじゃなかったっけ」

ぶつぶつ言《い》いながら、プリント類《るい》の間《あいだ》に目当《めあ》ての冊子《さっし》を見《み》つけた。

「あった！」

うちの中学《ちゅうがく》は、全員《ぜんいん》が部活《ぶかつ》に入《はい》らないといけない決《き》まりになっているんだけど、たしか前《まえ》に聞《き》いた話《はなし》では、学校外《がっこうがい》のクラブチームに入《はい》っている子《こ》たちのために、ほかの中学《ちゅうがく》よりもたくさん部活《ぶかつ》があるらしい。

もしかしたら、そのなかに、お菓子《かし》作《づく》りに関係《かんけい》がある部活《ぶかつ》もあるかもしれない。

そう思《おも》って、部活一覧《ぶかついちらん》を指《ゆび》でたどっていく。

放送部《ほうそうぶ》、読書部《どくしょぶ》、コンピューター部《ぶ》、コミュニケーション部《ぶ》……。

うわさどおり、本当《ほんとう》にたくさんの部活《ぶかつ》がある。

なかにはいったいどんな活動《かつどう》をするのかよくわからないような名前《なまえ》もあった。

そこに、『家庭科研究会《かていかけんきゅうかい》』の文字《もじ》を見《み》つけた。

「……家庭科《かていか》ってことは、料理《りょうり》もアリだよね？　ウソ！　ホントにあった！」

わたしはひとりでガッツポーズをしてから、その下《した》にある注意書《ちゅういが》きを見《み》た。

『※現在活動停止中《げんざいかつどうていしちゅう》の部活動《ぶかつどう》もあるため、担任《たんにん》に確認《かくにん》すること』

（う〜ん）

わたしはイスにもたれて、腕組《うでぐ》みをした。

わたしのまわりで、『家庭科研究会《かていかけんきゅうかい》』に所属《しょぞく》している子《こ》なんて、聞《き》いたことがない。

わたし自身《じしん》も、うちの中学《ちゅうがく》にそんな部活《ぶかつ》があるのを今《いま》、知《し》ったところだ。

ほかのみんなだって知《し》らないだろう。

（バレー部《ぶ》をやめて、活動《かつどう》してるのかどうかわからないような部活《ぶかつ》に入《はい》るつもりだなんて言《い》ったら、まわりの子《こ》たちにどう思《おも》われるかな）

きっと、バレー部《ぶ》でみんなからハブられたから、そんな部活《ぶかつ》に入《はい》ったんだと思《おも》われるにちがいない。

まだ中学《ちゅうがく》一年《ねん》になったところなのに、これから卒業《そつぎょう》まで、わたしは『部活《ぶかつ》でハブられたかわいそうな子《こ》』ってみんなに思《おも》われちゃうんだろうか。

（そんなの、やだなあ……）

そう思《おも》いかけて、はっとした。

『おまえさあ、なんでいっつも人《ひと》にどう思《おも》われるかばっか気《き》にするの？』

『自分《じぶん》が本当《ほんとう》にやりたいことやるのに、いちいち悩《なや》む必要《ひつよう》なんてあるのか？』

そっか。

そうだよね。

わたしはいつもやる前《まえ》から、失敗《しっぱい》したときのことを考《かんが》えて心配《しんぱい》ばかりしていたけど、もしもやってみて、無理《むり》だと思《おも》ったら、それはそのとき考《かんが》えればいいか。

わたしは手《て》のなかのマスコットを、ぎゅっとにぎりしめた。


担任《たんにん》の先生《せんせい》は、イスをぎいっといわせてふりかえった。

「家庭科研究会《かていかけんきゅうかい》？」

「……はい。今《いま》って活動《かつどう》してるんでしょうか」

上目《うわめ》づかいで聞《き》くと、先生《せんせい》はうーんと言《い》いながら書類棚《しょるいだな》からファイルを取《と》りだしめくりはじめた。

「ええっと、四年前《よねんまえ》から部員《ぶいん》がいないから休止状態《きゅうしじょうたい》みたいだなあ」

（とほほ、やっぱり）

わたしはがっくり肩《かた》を落《お》とした。

せっかく前《まえ》むきになったのに、いきなり蹴《け》つまずいちゃったよ。

「なんだ？　家庭科研究会《かていかけんきゅうかい》に興味《きょうみ》があるのか？」

先生《せんせい》に聞《き》かれたけれど、わたしは力《ちから》なく首《くび》を横《よこ》にふった。

「……いえ。ないんだったらいいです。失礼《しつれい》しました」

ぺこりと頭《あたま》を下《さ》げて職員室《しょくいんしつ》を出《で》ようとしたら、

「おいおい、待《ま》てよ。足立《あだち》」

先生《せんせい》に引《ひ》きとめられた。

「もしもやってみたいって思《おも》うなら、だれかもうひとりだけ、入《はい》りたいやつがいないかさがしてみろ。ふたり部員《ぶいん》がいれば活動《かつどう》できるぞ」

プリントを見《み》ながら先生《せんせい》がそう言《い》ってくれたけど、今《いま》の部活《ぶかつ》をやめてまで、なんの活動《かつどう》もしていない『家庭科研究会《かていかけんきゅうかい》』にわたしといっしょに入《はい》ってくれる子《こ》なんてぜったいいないと思《おも》う。

「……わかりました。ありがとうございました」

もう一度《いちど》頭《あたま》を下《さ》げて、わたしは職員室《しょくいんしつ》を出《で》た。

（あ〜あ、せっかく勇気《ゆうき》だして聞《き》いてみたのになあ）

しょんぼりして、歩《ある》きだす。

今日《きょう》は、さすがに部活《ぶかつ》に行《い》く気力《きりょく》がでない。

このまま家《いえ》に帰《かえ》って、また新《あたら》しいケーキでも作《つく》ってみようかな。

そう思《おも》いながら歩《ある》きだしたら、わたり廊下《ろうか》を出《で》たあたりで、ばったりなるたんと出《で》くわした。

もう体操服《たいそうふく》に着《き》がえているから、また一番《いちばん》に準備《じゅんび》にむかおうとしていたんだろう。

なるたんの部活《ぶかつ》に対《たい》する態度《たいど》には、まったく感心《かんしん》してしまう。

「夏月《なつき》、今日部活《きょうぶかつ》、来《こ》ないの？」

「……うん、ごめん。部活行《ぶかつい》っても、楽《たの》しいって思《おも》えないし」

うつむいてそう言《い》うと、なるたんも「そっか」とうつむいた。

「なにか、夏月《なつき》が楽《たの》しいって思《おも》えることに出《で》あえたらいいね」

なるたんの言葉《ことば》に、わたしははじかれたように顔《かお》をあげた。

「あのね」

なるたんもおどろいたように顔《かお》をあげる。

「わたし、お菓子《かし》作《つく》るのが好《す》きなの。で、そういう部活《ぶかつ》ないかなって調《しら》べたら、『家庭科《かていか》研究会《けんきゅうかい》』っていうのがあってね」

ひと息《いき》にそこまで言《い》ったけど、そこで言葉《ことば》がつまった。

「……でも、せっかく入《はい》りたいなって思《おも》ったんだけど、今《いま》、部員《ぶいん》がひとりもいないから、休部状態《きゅうぶじょうたい》なんだって。ほかに部員《ぶいん》を見《み》つけなきゃ、活動《かつどう》はできないって先生《せんせい》に言《い》われちゃった。やっぱり、物事《ものごと》ってなんでもうまくいかないね」

自分《じぶん》でもどうしてこんなことをなるたんにグチっているのかわからない。

つい、いじけた口調《くちょう》でそう言《い》うと、なるたんはわたしの肩《かた》をがしっとつかんだ。

「すごいじゃん」

「……えっ」

「夏月《なつき》って、お菓子作《かしづく》り、得意《とくい》だったんだ。なあんだ、こんな近《ちか》くにお菓子作《かしづく》りが得意《とくい》な人《ひと》がいたんだ」

わたしはびっくりしてなるたんの顔《かお》を見《み》た。

「な、なんで？」

するとなるたんは、にこっと笑《わら》って続《つづ》けた。

「じつはさ、この間《あいだ》どうしても手作《てづく》りのクッキーを作《つく》ってみたかったんだけど、わたし、そういうのしたことなくて。まいまいにかんたんなレシピ教《おし》えてもらってなんとか作《つく》ってみたんだけど、ふだんからこういうことマメにやってる子《こ》ってすごいなあって感心《かんしん》したとこだったんだ」

びっくりしているわたしにかまわず、なるたんが言《い》う。

「同《おな》じクラスの辻本《つじもと》さん、知《し》ってるでしょ？」

急《きゅう》に話題《わだい》がかわって、とまどいながらうなずく。

「もちろん知《し》ってるけど……」

「まいまいに聞《き》いたんだけど、あの子《こ》も夏月《なつき》と同《おな》じで、お料理好《りょうりず》きみたいだよ。もしかしたら、家庭科研究会《かていかけんきゅうかい》に誘《さそ》ったら、興味《きょうみ》しめしてくれるかも」

「えっ」

わたしは思《おも》ってもみなかった展開《てんかい》におどろいて、その場《ば》に立《た》ちつくした。

あの辻本《つじもと》さんが、お料理好《りょうりず》き？

たしかに、女子力高《じょしりょくたか》そうだけど……。

「辻本《つじもと》さん、おとなしいだけの子《こ》じゃないよ。きっと、夏月《なつき》とも仲《なか》よくなれると思《おも》う。わたしも最近《さいきん》、知《し》ったとこなんだけどさ」

なるたんはそう言《い》って、ぽんとわたしの肩《かた》をたたいた。

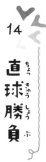

14 直球勝負《ちょっきゅうしょうぶ》

「あのう、辻本《つじもと》さん。今《いま》、いいかな」

短縮授業《たんしゅくじゅぎょう》のホームルーム後《ご》、わたしは思《おも》いきって辻本《つじもと》さんに声《こえ》をかけてみた。

まいまいとならんでいた辻本《つじもと》さんが、ふりかえる。

「どうかした？」

髪《かみ》をふわっとゆらして、首《くび》をかしげる。

間近《まぢか》で見《み》る辻本《つじもと》さんは、透《す》きとおるように肌《はだ》が白《しろ》い。

くるんと上《うえ》をむいた長《なが》いまつ毛《げ》にふちどられた目《め》で、じっと見《み》つめられたら、胸《むね》がどきどきしてしまった。

「あ、あのね。なるたんから聞《き》いたんだけど、辻本《つじもと》さんってお料理《りょうり》が得意《とくい》なんでしょ？　それでもしも興味《きょうみ》があればなんだけど、うちの中学《ちゅうがく》、『家庭科研究会《かていかけんきゅうかい》』っていって、お料《りょう》理《り》とかお菓子作《かしづく》りができる部活《ぶかつ》があるの。わたし、入部《にゅうぶ》したいなって思《おも》ってるんだけど、部員《ぶいん》がふたり以上《いじょう》いないと活動《かつどう》できないみたいなんだ。それでよかったら辻本《つじもと》さんも、いっしょに入《はい》ってくれないかなあって思《おも》って」

下《した》をむいたまま、ひと息《いき》にそう言《い》ってみたけれど、辻本《つじもと》さんからはなんの返事《へんじ》もない。

（そりゃあそうだよね）

だってわたしは、今《いま》まであずみといっしょになって、辻本《つじもと》さんの悪口《わるくち》を言《い》っていた。

あずみに調子《ちょうし》を合《あ》わせていただけとはいえ、同罪《どうざい》だ。

それが、自分《じぶん》の都合《つごう》でいっしょの部活《ぶかつ》に入《はい》ってくれないか、なんて、調子《ちょうし》がいいって思《おも》われてるに決《き》まってる。

そう思《おも》って顔《かお》をあげたら、辻本《つじもと》さんがにっこりほほえんだ。

「そんな部活《ぶかつ》、あったんだ！」

おどろいていると、辻本《つじもと》さんは目《め》をキラキラさせて両手《りょうて》を合《あ》わせた。

「わたし、今芸術部《いまげいじゅつぶ》に入《はい》ってるんだけど、ほかの人《ひと》ってみんな油絵《あぶらえ》とか描《か》いてるの。わたし、少女《しょうじょ》まんがが好《す》きだしと思《おも》って入《はい》ったんだけど、なんだか浮《う》いてるなあってちょうど思《おも》ってたとこだったんだ」

あっけにとられて、辻本《つじもと》さんを見《み》る。

辻本《つじもと》さんって、こんなにしゃべる人《ひと》だったんだ。

っていうか、少女《しょうじょ》まんがが好《す》きだから芸術部《げいじゅつぶ》に入《はい》るって、ちょっと天然《てんねん》？

すると、となりに立《た》っていたまいまいが苦笑《にがわら》いした。

「ほら、莉緒《りお》ってば。足立《あだち》さん、びっくりしてるよ」

まいまいの言葉《ことば》に、辻本《つじもと》さんの顔《かお》がかあっと赤《あか》く染《そ》まる。

「……えっ、ごめんなさい。わたし、うれしくて、つい」

きゅうにもじもじしだした辻本《つじもと》さんの横《よこ》で、まいまいが肩《かた》をすくめた。

「ごめんね。莉緒《りお》ってば、自分《じぶん》の好《す》きな話題《わだい》になると、まわりが見《み》えなくなっちゃうんだ」

「……ううん、そんな。わたしこそ、いきなりこんな話《はなし》しちゃって」

消《き》えいるような声《こえ》でそう言《い》うと、辻本《つじもと》さんがううんと首《くび》をふった。

「声《こえ》かけてくれて、すごくうれしい。今《いま》からでも部活変更《ぶかつへんこう》できるなら、わたしも興味《きょうみ》あるし、やってみたいな」

「ホント？」

わたしは思《おも》わず声《こえ》をあげた。

「もうすぐ夏休《なつやす》みに入《はい》っちゃうから、よかったら、今《いま》からいっしょに先生《せんせい》のところへ話《はなし》を聞《き》きに行《い》かない？」

わたしの誘《さそ》いに、辻本《つじもと》さんはうんとうなずいた。

「いいよ、行《い》こう、行《い》こう」

盛《も》りあがるわたしたちのとなりで、まいまいがにこにこほほえんでいる。

「よかったね、莉緒《りお》。じゃあわたし、今《いま》から部活《ぶかつ》だし、先行《さきい》くね」

「あ、ごめん。ふたりで話《はな》してたのに、わたし、わりこんじゃって」

いまさら気《き》がついてわたしが謝《あやま》ると、まいまいはううんと首《くび》を横《よこ》にふった。

「平気《へいき》だよ。じゃあね、莉緒《りお》。また明日《あした》！」

わたしと辻本《つじもと》さんは、まいまいを見送《みおく》って、そのまま職員室《しょくいんしつ》へと直行《ちょっこう》した。

「ありがとうございました！」

頭《あたま》を下《さ》げて、職員室《しょくいんしつ》をあとにする。

わたしと辻本《つじもと》さんは、転部《てんぶ》をみとめてもらえることになった。

といっても、おたがい保護者《ほごしゃ》に許可印《きょかいん》をもらってきてから、しかも正式《せいしき》な活動《かつどう》は夏休《なつやす》み明《あ》けからって言《い》われたんだけど。

(それでも、大《おお》きな一歩《いっぽ》だ！)

わたしは中学《ちゅうがく》に入《はい》ってから、初《はじ》めてというくらい満足《まんぞく》な気持《きも》ちでいっぱいだった。

「あの、ありがとう、辻本《つじもと》さん」

わたしが言《い》うと、辻本《つじもと》さんはううんと笑《わら》いながら首《くび》を横《よこ》にふった。

「こちらこそ、ありがとう。ホントにいいタイミングでよかった」

わたしは辻本《つじもと》さんの笑顔《えがお》を見《み》ながら、胸《むね》の奥《おく》がうずくのがわかった。

今《いま》、こうやって笑《わら》いあっているけど、わたしはたしかに入学《にゅうがく》してすぐのころ、あずみといっしょになって辻本《つじもと》さんの悪口《わるくち》を言《い》っていた。

そのことをなかったことにして、これから部活《ぶかつ》をいっしょにしていくのは、なんだかずるい気《き》がする。

昇降口《しょうこうぐち》にむかう途中《とちゅう》の廊下《ろうか》で、わたしは足《あし》をとめた。

「辻本《つじもと》さん」

呼《よ》びとめると、辻本《つじもと》さんはとまどった顔《かお》でわたしを見《み》た。

「なに？」

（ど、どうしよう？）

呼《よ》びとめておいて、いまさら迷《まよ》う。

やっぱり、よけいなことを言《い》わないほうがいいかな。

せっかく部活《ぶかつ》をいっしょにしようって言《い》ってくれたのだ。

わざわざ波風立《なみかぜた》てるようなことを言《い》わなくても、このままだまっておいたほうが……。

くちびるをかみしめて、グッとこぶしをにぎりこむ。

（逃《に》げるな、夏月《なつき》。『直球勝負《ちょっきゅうしょうぶ》』だ！）

「……あの、わたし、言《い》わなきゃいけないことがあるの」

言《い》いながら、声《こえ》がふるえる。

「入学《にゅうがく》してすぐのころ、わたし、辻本《つじもと》さんのことなにも知《し》らないまま、まわりの子《こ》たちに合《あ》わせて悪口《わるくち》を言《い》ってたことがあるの」

辻本《つじもと》さんは、だまってわたしを見《み》つめる。

「あのときは、本当《ほんとう》にごめんなさい」

ぎゅっと目《め》をつむり、いきおいよく頭《あたま》を下《さ》げる。

すると、辻本《つじもと》さんがくすっと笑《わら》う声《こえ》が聞《き》こえた。

「……なんだ。なにかと思《おも》ったら、そんなこと」

えっとおどろいて顔《かお》をあげる。

「わたしだって、みんなに自分《じぶん》を知《し》ってもらおうって努力《どりょく》、今《いま》までしてこなかったもん。話《はな》しかけても、仲《なか》よくしてもらえなかったらどうしようって思《おも》って、こわくて逃《に》げてたの」

辻本《つじもと》さんはそこで言葉《ことば》を切《き》って、ほほえんだ。

「だから、おあいこだね」

その笑顔《えがお》を見《み》て、ぶわっと涙《なみだ》があふれだした。

おあいこなんかじゃ、ない。

わたしのほうが百倍《ひゃくばい》も千倍《せんばい》も一万倍《いちまんばい》も悪《わる》いのに。

「えっ、えっ、待《ま》って。どうして泣《な》くの？」

辻本《つじもと》さんがあわててポケットをさぐりだす。

「……ごめんね、辻本《つじもと》さん。本当《ほんとう》にごめんなさい」

ここで泣《な》くのはずるいことだ。

そう思《おも》うのに、涙《なみだ》があふれてとまらない。

すると、辻本《つじもと》さんがピンク色《いろ》のミニタオルをさしだした。

「謝《あやま》らないで。それからよかったら、わたしのこと、莉緒《りお》って呼《よ》んでくれる？　これからは、同《おな》じ部活《ぶかつ》の仲間《なかま》だし」

わたしは、辻本《つじもと》さんがさしだしてくれたミニタオルをおそるおそる受《う》けとった。

ふわっと香《かお》る、甘《あま》い香《かお》り。

『直球勝負《ちょっきゅうしょうぶ》』、わたしにも、できた。

そう思《おも》ったら、また涙《なみだ》がこみあげてきた。

15 夏《なつ》祭《まつ》り

ピンポン
スマホにメッセージが入《はい》る。

アプリを開《ひら》くと、そこには辻本《つじもと》さん、ううん、莉緒《りお》からの画像《がぞう》つきメッセージが届《とど》いていた。

『今日《きょう》のおひるごはん』

そう書《か》いたメッセージには、ケチャップでスマイルマークが描《えが》かれたつやつやのオムライスが写《うつ》っていた。

「わあ、おいしそう」

夏休《なつやす》みに入《はい》った。

わたしは、休《やす》みに入《はい》る直前《ちょくぜん》にバレーボール部《ぶ》を退部《たいぶ》した。

家庭科研究会《かていかけんきゅうかい》は、九月《くがつ》から正式《せいしき》な部活《ぶかつ》になる。

でも、夏休《なつやす》み中《ちゅう》も活動《かつどう》の一環《いっかん》として、おたがい作《つく》ったおひるごはんやお菓子《かし》の画像《がぞう》とレシピを交換《こうかん》しあおうって莉緒《りお》と決《き》めたのだ。

莉緒《りお》の家《いえ》も親《おや》が仕事《しごと》をしていて、留守番《るすばん》をすることが多《おお》いらしく、おたがいの家《いえ》でいっしょにお菓子《かし》を作《つく》ったこともある。

そこに、部活帰《ぶかつがえ》りのまいまいとなるたんも来《き》て、四人《よにん》で遊《あそ》ぶことが何度《なんど》かあった。

入学《にゅうがく》したときには、こんなことになるなんて思《おも》ってもみなかったのに、なんだか不思議《ふしぎ》な感《かん》じ。

(さあ、わたしも返事《へんじ》をしなきゃ)

今日《きょう》のランチは、具《ぐ》だくさんそうめん！

うす焼《や》きたまごやアボカド、レタスにカニカマなんかをのせて、見《み》た目《め》もおいしそうな感《かん》じにできた。これを写《うつ》して莉緒《りお》に送信《そうしん》っと。

送信《そうしん》ボタンを押《お》したところで、玄関《げんかん》のチャイムがなった。

「はあい」

玄関先《げんかんさき》に出《で》てみると、そこには練習着姿《れんしゅうぎすがた》の祥吾《しょうご》が立《た》っていた。

今《いま》から部活《ぶかつ》みたいだ。

「どうしたの？」

わたしが聞《き》くと、祥吾《しょうご》がだまってなにかを差《さ》しだした。

「兄貴《あにき》からことづかった」

それは、もうすぐ開催《かいさい》されるつつじ台神社《だいじんじゃ》の夏祭《なつまつ》りのチラシだった。

「えっ、ケン兄《にい》、お祭《まつ》りであの大《おお》きな和太鼓《わだいこ》たたくの？　もしかして、センター？」

わたしが聞《き》いたら、祥吾《しょうご》はまさかと首《くび》をふった。

「前《まえ》まで一番《いちばん》うしろだったのが、ひとつ前《まえ》に昇格《しょうかく》したんだって。それで、その……」

そこからもごもごと口《くち》のなかでなにか言《い》った。

「なに？」

「動画撮《どうがと》ってほしいから、俺《おれ》といっしょに来《き》てって」

わたしはだまって祥吾《しょうご》の顔《かお》を見上《みあ》げた。

「へっ？　祥吾《しょうご》とわたし？　ふたりで？」

わたしが聞《き》きかえしたら、祥吾《しょうご》は、帽子《ぼうし》を目深《まぶか》にかぶりなおして、そっぽをむいた。

「カメラひとつだけだと、ちゃんと撮《と》れてなかったら困《こま》るから二台《だい》で撮《と》ってくれってさ。……いやならいいけど」

（そういうわけじゃないけどさ）

いくらおさななじみとはいえ、お祭《まつ》りにふたりで行《い》くって、なんかちょっと、ハードル高《たか》くない？

だって、つつじ台神社《だいじんじゃ》の夏祭《なつまつ》りは、屋台《やたい》がいっぱい出《で》るし、おまけに花火《はなび》も打《う》ちあげられるから、このあたりでは有名《ゆうめい》なお祭《まつ》りだ。うちの中学《ちゅうがく》の子《こ》たちもたくさん行《い》くだろう。

ふたりでお祭《まつ》りになんて行《い》ったら、ぜったい誤解《ごかい》されてしまう。

どう答《こた》えようか迷《まよ》っていたら、自分《じぶん》の手《て》のなかのスマホに気《き》がついた。

（あっ、そうだ）

わたしはとっさに思《おも》いついたことを言《い》ってみた。

「じゃ、じゃあさ、ほかにも友《とも》だち、誘《さそ》っていい？　男子《だんし》もちゃんと呼《よ》ぶようにするから」

祥吾《しょうご》は、口《くち》をとがらせてうなずく。

「……べつに、いいけど」

莉緒《りお》たちを誘《さそ》えば、石崎《いしざき》くんと小坂《こさか》くんも来《く》るだろう。

男子《だんし》がいれば、祥吾《しょうご》だって文句《もんく》はないはず。

六時《じ》に鳥居《とりい》の前《まえ》で待《ま》ち合《あ》わせってことだけ決《き》めると、祥吾《しょうご》は帰《かえ》っていった。

わたしはすぐに、莉緒《りお》、それからまいまいとなるたんに同《おな》じメッセージを送《おく》った。

『八月五日《はちがついつか》、つつじ台神社《だいじんじゃ》のお祭《まつ》り、いっしょに行《い》かない？』

祭囃子《まつりばやし》が聞《き》こえる。

たこやき、りんごあめ、金魚《きんぎょ》すくい。

神社《じんじゃ》へ続《つづ》く道《みち》の両側《りょうがわ》には、たくさんの屋台《やたい》がならび、どこからかソースのこげる香《かお》りがする。

小《ちい》さな子《こ》どもを連《つ》れたファミリーに、浴衣姿《ゆかたすがた》のカップル。

たくさんの人《ひと》が神社《じんじゃ》へむかって歩《ある》いていく。

まだ日《ひ》は高《たか》いけれど、アセチレンランプの淡《あわ》い光《ひかり》が境内《けいだい》の石段《いしだん》ぞいに灯《とも》っていた。

「夏月《なつき》ー、こっちこっち！」

待《ま》ち合《あ》わせ場所《ばしょ》の鳥居前《とりいまえ》には、もうみんなが集《あつ》まっていた。

「ごめん、浴衣着《ゆかたき》るの、手間取《てまど》っちゃって」

わたしは慣《な》れない下駄《げた》に苦労《くろう》しながらも、なるべく早《はや》くみんなのところにたどりつくように必死《ひっし》で走《はし》った。

約束《やくそく》どおり、女子《じょし》は全員浴衣姿《ぜんいんゆかたすがた》。

そのとなりでは、男子《だんし》たちがはずかしそうに立《た》っていた。

まいまいは元気《げんき》な朝顔柄《あさがおがら》、莉緒《りお》は可憐《かれん》ななでしこ柄《がら》、そしてなるたんはおとなっぽい水仙柄《すいせんがら》だ。

（わたしだけ、子《こ》どもっぽかったかな）

わたしの浴衣《ゆかた》は、うさぎ柄《がら》。

ひとりだけ、小学生《しょうがくせい》みたいかも。

「みんな、浴衣似合《ゆかたにあ》ってるね」

わたしが言《い》うと、知《し》らない男《おとこ》の子《こ》がうんうんとうなずいた。

「やっぱ、女子《じょし》の浴衣姿《ゆかたすがた》はいいよねえ」

そう言《い》って、ピッと親指《おやゆび》を立《た》てた。

茶色《ちゃいろ》がかった髪《かみ》の毛《け》に、黒目《くろめ》がちで大《おお》きな瞳《ひとみ》の男《おとこ》の子《こ》。

（……だれ？）

不思議《ふしぎ》に思《おも》って首《くび》をかしげると、

「あ、ごめん。この子《こ》、ひとりだけ学校《がっこう》がちがうんだけど」

なるたんが、そう言《い》って紹介《しょうかい》してくれた。

「小学校《しょうがっこう》がいっしょで、今《いま》、同《おな》じ塾《じゅく》に通《かよ》ってるの。中嶋諒太《なかじまりょうた》くん」

なるたんが言《い》うと、中嶋《なかじま》くんはニタッと笑《わら》った。

「鳴尾若葉《なるおわかば》の彼氏《かれし》です、よろしくっ！」

とたんに、なるたんが真《ま》っ赤《か》になって中嶋《なかじま》くんの肩《かた》をたたいた。

「いちいちそういうこと言《い》わないでよ。はずかしいでしょ」

中嶋《なかじま》くんは、にひひと笑《わら》っている。

（あ、この子《こ》がうわさの聡明学院《そうめいがくいん》の子《こ》か）

聡明学院《そうめいがくいん》ってめちゃめちゃ頭《あたま》がいい学校《がっこう》で有名《ゆうめい》なのに、こんなおしゃれでカッコいい男子《だんし》がいるんだ。

ほえ〜っと感心《かんしん》して、ふたりを見《み》くらべる。

かわいい系男子《けいだんし》の中嶋《なかじま》くんと、大人《おとな》っぽいなるたん。

……意外《いがい》とお似合《にあ》いかも。


「足立《あだち》さん、今日《きょう》は誘《さそ》ってくれてありがとう」

莉緒《りお》のとなりに立《た》つ石崎《いしざき》くんが頭《あたま》を下《さ》げる。

「あっ、こちらこそ、来《き》てくれてありがとう」

同《おな》じクラスなのに、初《はじ》めてしゃべったかも。

石崎《いしざき》くん、私服《しふく》だと高校生《こうこうせい》みたい！

あずみたちがさわいでた気持《きも》ち、今《いま》ならわかる気《き》がする。

「莉緒《りお》、浴衣似合《ゆかたにあ》うね。髪《かみ》も自分《じぶん》でやったの？　すっごくかわいい」

わたしが言《い》うと、莉緒《りお》ははずかしそうに首《くび》をすくめた。

莉緒《りお》はふだんからかわいらしいんだけれど、今日《きょう》は本当《ほんとう》にテレビからぬけでてきたアイドルみたい。

石崎《いしざき》くんとふたりでならんで歩《ある》いていたら、みんながふりかえっちゃいそうなほどお似《に》合《あ》いだ。

「俺《おれ》も、なんか勝手《かって》にまじっちゃってごめんな」

まいまいのとなりでは、バスケ部《ぶ》の小坂《こさか》くんがひょこっと頭《あたま》を下《さ》げた。

「ううん。来《き》てもらったほうが、祥吾《しょうご》も助《たす》かると思《おも》うし」

小坂《こさか》くんは、祥吾《しょうご》と同《おな》じ一組《くみ》だ。

小坂《こさか》くんがいなかったら、二組《くみ》ばっかりで祥吾《しょうご》も居心地《いごこち》が悪《わる》かっただろう。

そう思《おも》っていたら、祥吾《しょうご》と目《め》が合《あ》った。

まじまじとわたしを見《み》ているので、「なによ」と口《くち》をとがらせる。

「おまえ、あいつに似《に》てるな」

「えっ、だれ？」

まさか芸能人《げいのうじん》に？

思《おも》わず聞《き》きかえすと、祥吾《しょうご》がぼそっと続《つづ》けた。

「座敷童《ざしきわらし》」

「なっ……！」

かーっと顔《かお》が熱《あつ》くなる。

「なによっ、どういう意味《いみ》よっ！　失礼《しつれい》なこと言《い》わないでよっ」

わたしが文句《もんく》を言《い》うと、祥吾《しょうご》は真顔《まがお》で首《くび》をかしげた。

「なにが失礼《しつれい》なんだよ。座敷童《ざしきわらし》と同《おな》じくらい浴衣《ゆかた》が似合《にあ》うって、すげえことだぞ」

（それ、ぜんぜんほめてないしっ！）

わたしはぷいっと顔《かお》をそむけた。

「ここでかたまってしゃべっててても通行《つうこう》のじゃまだし行《い》こうぜ。祥吾《しょうご》の兄《にい》ちゃんの演奏《えんそう》も、もうすぐ始《はじ》まるんだろ？」

小坂《こさか》くんの言葉《ことば》に、みんなが移動《いどう》を始《はじ》める。

祥吾《しょうご》と小坂《こさか》くんがならんで先《さき》を歩《ある》きはじめたので、わたしはあわててまいまいに謝《あやま》った。

「ごめんね、まいまい。せっかく小坂《こさか》くんといっしょなのに、祥吾《しょうご》のやつ、気《き》がきかないんだから、もう」

わたしが言《い》うと、まいまいはううんと首《くび》を横《よこ》にふった。

「いいよ。うちは莉緒《りお》とかなるたんのとこみたいに、ふたりきりでおでかけとかぜんぜんしないし。こうやってみんなでお祭《まつ》りに来《こ》られただけで、ラッキーだよ」

「そうなの？」

気《き》のせいか、まいまいがちょっとさみしそうな表情《ひょうじょう》に見《み》える。

わたしはちらっとうしろをふりかえった。

莉緒《りお》と石崎《いしざき》くん、なるたんと中嶋《なかじま》くんは、もうすっかり恋人同士《こいびとどうし》って感《かん》じ。

ふたりでならんでいても様《さま》になっている。

（いいなあ、彼氏《かれし》がいるなんて）

わたしにもいつか、彼氏《かれし》ができるかな。

だけどそれなら先《さき》に、好《す》きな人《ひと》ができなきゃだめだよね。

あー、浴衣《ゆかた》でデート、なんてずいぶん先《さき》になりそうだ。

境内《けいだい》にあがると、さっきよりたくさんの人《ひと》であふれかえっていた。

油断《ゆだん》すると、迷子《まいご》になってしまいそうだ。

「おい、早《はや》く来《こ》いよ。もうすぐ始《はじ》まるぞ」

前《まえ》を歩《ある》く祥吾《しょうご》がふりかえる。

「ちょっと待《ま》ってよ～」

わたしとまいまいは急《いそ》いでふたりのあとを追《お》いかけた。

16 秘密《ひみつ》の場所《ばしょ》

「いよっ！」

勇《いさ》ましいかけ声《ごえ》とともに、乱打《らんだ》が始《はじ》まる。

ケン兄《にい》は、文化祭《ぶんかさい》のときよりも目立《めだ》つ場所《ばしょ》でたたいていた。

……といっても、ひとつ前《まえ》の列《れつ》にいるってだけだけど。

「わたし、ここから撮《と》るからね。祥吾《しょうご》もちゃんと撮《と》っといてよ」

そう言《い》ってスマホをかまえたけど、人《ひと》が多《おお》くて、なかなかいいアングルで撮《と》ることができない！

ドンッ！

だれかに押《お》されて、画面《がめん》のなかのケン兄《にい》の姿《すがた》がぶれた。

「わわっ」

思《おも》わずよろけそうになったとき、ぐいっと肩《かた》を引《ひ》きよせられた。

「なにやってんだよ、あぶねえなあ。ほら、こっち来《こ》いって」

祥吾《しょうご》の声《こえ》にはじかれたように顔《かお》をあげる。

「うるさいなあ、だって人《ひと》が多《おお》くて……！」

そこまで言《い》いかけて、口《くち》をつぐんだ。

うわあ、なんか顔《かお》がめっちゃ近《ちか》い！

あわてて体《からだ》をはなそうとするけれど、まわりに人《ひと》がたくさんいて、ぜんぜん身動《みうご》きが取《と》れない。

かあっと顔《かお》が、熱《あつ》くなる。

「いいから、早《はや》く撮《と》れって。俺《おれ》はおまえささえてて撮《と》れねえから、失敗《しっぱい》しねえようにしっかり撮《と》れよ」

耳《みみ》もとで、祥吾《しょうご》の声《こえ》がする。

「……う、うん」

その声《こえ》に、なぜだか胸《むね》がドキドキした。

演奏《えんそう》が終《お》わるまで、祥吾《しょうご》が体《からだ》をささえてくれていたけれど、どうにも落《お》ちつかなくて、手《て》がぶれまくってしまった。

(ごめん、ケン兄《にい》。ちゃんと撮《と》れてないかも……！)

大《おお》きな拍手《はくしゅ》につつまれたあと、ケン兄《にい》たちの演奏《えんそう》は終《お》わった。

「ちゃんと撮《と》れたか？」

やっと人《ひと》の波《なみ》がおさまり、わたしと祥吾《しょうご》は本殿《ほんでん》の裏側《うらがわ》に移動《いどう》して、今撮影《いまさつえい》した動画《どうが》をチェックした。

途中《とちゅう》、何度《なんど》かブレてるところはあったけど、思《おも》ったよりはちゃんと撮《と》れていた。

「うん！　大丈夫《だいじょうぶ》」

満足《まんぞく》して顔《かお》をあげたら、ばちんと祥吾《しょうご》と目《め》が合《あ》って、あわてて顔《かお》をそむける。

「ええっと、さっきは、ありがと」

「お、おお」

祥吾《しょうご》も、赤《あか》い顔《かお》で地面《じめん》の砂利《じゃり》を蹴《け》る。

「……あれっ？　みんな、どこ行《い》った？」
人《ひと》の波《なみ》がひいた本殿《ほんでん》のまわりを見《み》まわした。
だけど、まいまいと莉緒《りお》、それからなるたんたちの姿《すがた》が見当《みあ》たらない。
（あっ、もしかして）
ピンときた。
みんなそれぞれカップルで、屋台《やたい》をまわることにしたんじゃないかな。
そりゃあそうだよね。
浴衣《ゆかた》でおめかししたせっかくのお祭《まつ》りだもん。
ふたりでまわりたいに決《き》まってる。
（……ってことは）
わたしはちらっと横《よこ》に立《た》つ祥吾《しょうご》を見上《みあ》げた。
わたしは祥吾《しょうご》とふたりでまわらなきゃいけないってこと？
（え～～っ、それじゃあみんなといっしょに来《き》た意味《いみ》ないじゃん！）
「どうする？」

祥吾《しょうご》が口《くち》をとがらせて聞《き》いてくる。

わたしは、ツーンとあごをそびやかして言《い》ってやった。

「どうするって、座敷童《ざしきわらし》みたいなわたしとお祭《まつ》りまわってたら、また少年野球《しょうねんやきゅう》の先輩《せんぱい》に出《で》くわして、なんか言《い》われるかもしれないよ？」

すると祥吾《しょうご》はわけがわからないという顔《かお》で首《くび》をかしげた。

「それ、どういう意味《いみ》だよ」

わたしはカチンときて言《い》ってやった。

「だって、前《まえ》にケン兄《にい》んとこの文化祭《ぶんかさい》で、少年野球《しょうねんやきゅう》の先輩《せんぱい》って人《ひと》に会《あ》ったとき、言《い》ってたじゃん。わたしなんて女《おんな》じゃないって」

祥吾《しょうご》はわたしの言葉《ことば》を聞《き》いて、ああと言《い》って頭《あたま》をかいた。

「あの先輩《せんぱい》は、女好《おんなず》きだから」

わたしは歩《ある》きだそうとして足《あし》をとめた。

「……へっ？」

「ちょっといいなって思《おも》った女子《じょし》に、すぐちょっかい出《だ》すんだよ。だから、ああ言《い》っただけ。べつに深《ふか》い意味《いみ》はねえよ」

……ってことは、あのとき、祥吾《しょうご》はわたしをかばってくれたってこと？

それならそう言《い》ってくれなきゃわからないよ。

てっきり、悪口《わるくち》言《い》われたって思《おも》いこんでたし。

そのとき、ふいに思《おも》いだした。

ケン兄《にい》がわたしに言《い》った言葉《ことば》。

『祥吾《しょうご》は、肝心《かんじん》なこと、言《い》わないやつだからなあ』

（よーし、聞《き》いてみよう）

わたしは、祥吾《しょうご》の顔《かお》をのぞきこんで首《くび》をかしげた。

「祥吾《しょうご》、もしかしてあのとき、わたしのこと、かばってくれたんだ？」

すると、祥吾《しょうご》の顔《かお》がみるみる赤《あか》く染《そ》まっていった。

「なっ、なんだよ。急《きゅう》に」

「それからさ、ワン太郎《たろう》を飼《か》うように、おばさんたちに頼《たの》んでくれたのも、祥吾《しょうご》なんでしょ？　それに、わたしが作《つく》ったお菓子《かし》、いっつもひとりでぜんぶ食《た》べてるそうじゃん」

すっかり日《ひ》が落《お》ちた境内《けいだい》。

あちこちの屋台《やたい》の明《あか》るい光《ひかり》が、ありえないくらい真《ま》っ赤《か》になった祥吾《しょうご》の顔《かお》を照《て》らしだす。

「そ、そんなの、いちいち言《い》うことじゃねえだろっ」

あきらかに動揺《どうよう》した顔《かお》でそう言《い》うと、祥吾《しょうご》はそれきりわたしに背《せ》をむけてしまった。

(な～によ)

わかんないから聞《き》いたのに。

むうっとむくれていたら、

「おい、急《いそ》ぐぞ」

とつぜん祥吾《しょうご》がわたしの腕《うで》をつかんで歩《ある》きだした。

「なっ、なに？　急《きゅう》に」

人《ひと》が大勢《おおぜい》いる本殿前《ほんでんまえ》をぬけ、引《ひ》きずられるようにして、進《すす》んでいく。

しばらく行《い》くと、急《きゅう》に人《ひと》の波《なみ》をはずれ、うす暗《ぐら》いでこぼこの坂道《さかみち》をあがっていく。

「ちょっと、祥吾《しょうご》、どこ行《い》くのよ……！　わたし、下駄《げた》なんだからねっ」

よたよたした足取《あしど》りで、やっと土手道《どてみち》を登《のぼ》りきったと思《おも》ったら、祥吾《しょうご》が手《て》をはなした。

どーん！

いきなりおなかの底《そこ》にひびくような低《ひく》い音《おと》がする。

「えっ」

おどろいて顔《かお》をあげると、目《め》の前《まえ》に大《おお》きな花火《はなび》がぱあっと広《ひろ》がった。

「……きれい！」

ツンと火薬《かやく》のにおいを残《のこ》して、ぱらぱらと火《ひ》の粉《こ》が闇《やみ》にとけていく。

「よかった、間《ま》に合《あ》った」

うすやみのなか、となりから祥吾《しょうご》のささやく声《こえ》が聞《き》こえる。

「ここから見《み》たら、一番花火《いちばんはなび》がキレイに見《み》えるだろうなって思《おも》ったんだ。前《まえ》にワン太郎《たろう》の散歩《さんぽ》してるときに、見《み》つけた」

そこで言葉《ことば》を切《き》ってから、ぼそっとつけたす。

「……ほかのやつに、教《おし》えるなよ」

「えっ」

とっさに祥吾《しょうご》の顔《かお》を見《み》たけれど、暗《くら》くてどんな顔《かお》をしているのか見《み》えない。

でも、そんなとっておきの場所《ばしょ》に、わたしを連《つ》れてきてくれたんだ……。

「あのさ、祥吾《しょうご》」

祥吾《しょうご》はわたしの声《こえ》が聞《き》こえていないのか、なんにも言《い》わない。

「……いろいろ、ありがと」

わたしが言《い》うと、

「べつに」

今度《こんど》は、そっけなく答《こた》えてくれた。

どーん
二発目《はつめ》の花火《はなび》があがる。

わたしはそっと祥吾《しょうご》の顔《かお》を盗《ぬす》み見《み》た。

うすやみに浮《う》かびあがる横顔《よこがお》。

目《め》つきが悪《わる》くて、いかにも野球部《やきゅうぶ》って感《かん》じの髪形《かみがた》。

おしゃれじゃないし、ぜんぜんイケメンなんかじゃない。

なのに、どうしてだろう。

その横顔《よこがお》を、つい見《み》つめてしまうのは。
「なんだよ、なに見《み》てんだよ」
ふいに、祥吾《しょうご》がふりかえった。
「べっ、べつに！」
祥吾《しょうご》から視線《しせん》をはずしたら、
パッ
目《め》の前《まえ》には、さっきようも大《おお》きな花火《はなび》が浮《う》かびあがった。

（おわり）

あとがき

こんにちは。作者《さくしゃ》の宮下恵茉《みやしたえま》です。読者《どくしゃ》のみなさん、お元気《げんき》ですか～？

『キミいつ』シリーズも、なんとなんと、四巻目《かんめ》☆

これもすべて、みなさんの応援《おうえん》のおかげです！

いつもたくさんのお手紙《てがみ》やイラストをありがとうございます。中《なか》には、自分《じぶん》の恋《こい》バナを書《か》いてくれている人《ひと》も♡

みんないろんな恋《こい》をしてるんだなあって読《よ》みながら感心《かんしん》しています。

みなさんからいただいたお手紙《てがみ》はすべて読《よ》み、大切《たいせつ》に宝物箱《たからものばこ》に入《い》れていますよ～。

すぐにでもお返事《へんじ》を書《か》きたいところなのですが、新《あたら》しい『キミいつ』を早《はや》く読《よ》みたい！と思《おも》ってくださるみなさんのためにも、原稿《げんこう》を早《はや》く書《か》かなきゃいけないので、そんなにすぐにはお返《かえ》しできないんです……。（ごめんなさい！）

でも、パソコンが立《た》ち上《あ》がるまでの時間《じかん》を利用《りよう》して、毎日一通《まいにちいっつう》ずつお返事《へんじ》を書《か》いていますので、気長《きなが》に待《ま》っていてくださいね！

話《はなし》はかわりますが、今回《こんかい》のおはなし、楽《たの》しんでいただけたでしょうか？

ヒロインは、まわりの意見《いけん》に流《なが》されがちな足立夏月《あだちなつき》ちゃん。

自分《じぶん》の意見《いけん》を言《い》いたいのに、まわりの目《め》が気《き》になって、言《い》いたいことが言《い》えずにひそかに悩《なや》んでいます。

みなさんにも、こういうことってないですか？

わたしは大人《おとな》になった今《いま》でもあるかもしれません。本当《ほんとう》はいやなのに断《ことわ》れなくて引《ひ》き受《う》けてしまったり、ついついまわりに合《あ》わせて自分《じぶん》の意見《いけん》が言《い》えなかったり……。

そういう時《とき》は、いつまでもくよくよ考《かんが》えてしまいます。

大人《おとな》のくせに、小学校《しょうがっこう》の時《とき》くらいから、ぜんぜん成長《せいちょう》していないかもしれません（汗《あせ》）。

だから、自分《じぶん》の意見《いけん》をはっきり言《い》える人《ひと》がうらやましいなあっていつも思《おも》っています。

もしも読者《どくしゃ》のみなさんの中《なか》にそういうタイプの人《ひと》がいたら、『そんな時《とき》は、こうやって伝《つた》えればうまくいくよ！』などなど、ぜひアドバイスをお願《ねが》いいたします！

五巻《かん》から、『キミいつ』メンバーたち（まいまい・莉緒《りお》・なるたん・夏月《なつき》）は二学期《がっき》をむかえます。今《いま》までのお話《はなし》を読《よ》んでくれた人《ひと》たちはもうわかってくれているかもしれないけど、『キミいつ』一巻《いっかん》から四巻《かん》までは、中学《ちゅうがく》に入学《にゅうがく》してから夏休《なつやす》みまでのお話《はなし》です。ぜひ最初《さいしょ》から読《よ》んで、『あっ、この場面《ばめん》とここ、つながってる！』『この時《とき》はわからなかったけど、あの子《こ》はこんな風《ふう》に思《おも》ってたんだ！』と発見《はっけん》してみて下《くだ》さいね。

さて、次《つぎ》のヒロインは、シリーズ・トップバッターだった『まいまい』こと、林麻衣《はやしまい》ちゃんの物語《ものがたり》。

一巻《いっかん》では長年《ながねん》の片思《かたおも》いをやっと実《みの》らせ、大好《だいす》きな小坂《こさか》と両想《りょうおも》いになったまいまい。ラブラブな毎日《まいにち》を送《おく》っているのかと思《おも》いきや、なにやら悩《なや》んでいる様子《ようす》。さて、まいまいはいったいなにを悩《なや》んでいるのでしょう？　そして、ふたりの恋《こい》の行方《ゆくえ》は……!?

次回《じかい》も、イラストを描《か》いてくださっている染川《そめかわ》ゆかりさんと編集《へんしゅう》・みのP《ピー》、そしてわたしの三人《にん》で力《ちから》を合《あ》わせ、みなさんがキュンキュンする恋《こい》の話《はなし》をお届《とど》けしますので、待《ま》っていてくださいね！　これからも、応援《おうえん》どうぞよろしくお願《ねが》いいたします♪

宮下恵茉《みやしたえま》

イラスト描《か》かせていただきました！
ありがとうございました！夏月ちゃんと祥吾くんの
これからが気《き》になります…♡

染川《そめかわ》ゆかり

集英社みらい文庫

キミと、いつか。

おさななじみの“あいつ”

宮下《みやした》恵茉《えま》　作
染川《そめかわ》ゆかり　絵

ファンレターのあて先
〒101-8050　東京都千代田区一ツ橋2-5-10　集英社みらい文庫編集部
いただいたお便りは編集部から先生におわたしいたします。

2017年3月29日　第1刷発行
2019年4月14日　第5刷発行

発行者　北畠輝幸
発行所　株式会社 集英社
〒101-8050　東京都千代田区一ツ橋2-5-10
電話　編集部 03-3230-6246
読者係 03-3230-6080
販売部 03-3230-6393(書店専用)
http://miraibunko.jp
装　丁　+++ 野田由美子　中島由佳理
印　刷　凸版印刷株式会社
製　本　凸版印刷株式会社

★この作品はフィクションです。実在の人物・団体・事件などにはいっさい関係ありません。
ISBN978-4-08-321364-9　C8293　N.D.C.913　182P　18cm

KIMIITSU TIME LINE

キミいつ♡タイムライン

「今《いま》、こんな恋《こい》しています!」、「こんな恋《こい》でなやんでます」など、みんなの恋《こい》バナ教《おし》えてね。

先生《せんせい》への相談《そうだん》レター

私《わたし》は『キミいつ』の主人公《しゅじんこう》たちの

ように、スタイルはよくないし、

自分《じぶん》のことがきらいです。

こんな私《わたし》にも、青春《せいしゅん》はきてくれるのでしょうか??

恋《こい》ってなんなのでしょうか!?

(W《ダブル》.K《ケー》　中《ちゅう》1)

宮下恵茉先生《みやしたえませんせい》より

すご～くわかります!　わたしも昔《むかし》、自分《じぶん》の丸《まる》い顔《かお》がすごくいやだったけど、なんとその丸《まる》い顔《かお》が好《す》きだって言《い》ってくれる人《ひと》があらわれてびっくり!
自分《じぶん》がきらいと思《おも》っていることが、案外好《あんがいす》きになってもらえるポイントだったりするかも。

3巻目《かんめ》の ひとこと感想《かんそう》コーナー

いつもなるたんに「好《す》き」とか「つきあって」と言《い》う諒太《りょうた》がいいなと思《おも》いました。2人《ふたり》の恋《こい》をおうえんしたくなりました☆
（小《しょう》5・のどか）

中嶋諒太《なかじまりょうた》くんが若葉《わかば》ちゃん（なるたん）を助《たす》ける場面《ばめん》が、カッコよかったです！
（小《しょう》4・さくら）

『キミいつ』の中《なか》で一番《いちばん》キュン！としました。なるたん、すごくいい子《こ》で、こんな友達《ともだち》ほしいなと思《おも》います。
（中《ちゅう》1・雪《ゆき》）

私《わたし》も今《いま》、若葉《わかば》（なるたん）と同《おな》じ状態《じょうたい》で、好《す》きな人《ひと》には、好《す》きな子《こ》がいます。だから、とても共感《きょうかん》できました!!
（小《しょう》6・K《ケー》、H《エイチ》♪）

宮下恵茉先生《みやしたえませんせい》へのお手紙《てがみ》や、この本《ほん》の感想《かんそう》、「キミいつ♡タイムライン」の相談《そうだん》レターは、下《した》のあて先《さき》に送《おく》ってね！ 本名《ほんみょう》を出《だ》したくない人《ひと》は、ペンネームも忘《わす》れずにね☆

〒101-8050
東京都千代田区一ツ橋《とうきょうとちよだくひとつばし》2-5-10
集英社《しゅうえいしゃ》みらい文庫編集部《ぶんこへんしゅうぶ》
『キミと、いつか。』係《かかり》

人気上昇中《にんきじょうしょうちゅう》↑↑放送部《ほうそうぶ》を舞台《ぶたい》におくる部活《ぶかつ》ラブ★ストーリー!!

第《だい》1～3弾《だん》 大好評《だいこうひょう》 発売中《はつばいちゅう》!!

自分《じぶん》に自信《じしん》のない中《ちゅう》1のヒナ。入学式《にゅうがくしき》の日《ひ》にぐうぜん出会《であ》ったイケメンの五十嵐先《いがらしせん》パイに誘《さそ》われて、放送部《ほうそうぶ》に入《はい》ることに。憧《あこが》れの五十嵐先《いがらしせん》パイに自分《じぶん》を見《み》てもらうために、ヒナは部活《ぶかつ》を頑張《がんば》るけれど、放送部《ほうそうぶ》にはクセのある男子《だんし》がいっぱいで……!?

「この声《こえ》とどけ！ 恋《こい》がはじまる放送室《ほうそうしつ》★」

第《だい》1弾《だん》！

「この声《こえ》とどけ！ 放送部《ほうそうぶ》にひびく不協和音《ふきょうわおん》!?」

第《だい》2弾《だん》！

「この声《こえ》とどけ！ 恋《こい》がもつれる夏《なつ》まつり!?」

第《だい》3弾《だん》！

速報《そくほう》!!

「この声《こえ》とどけ！」
第《だい》4弾《だん》は…
2019年《ねん》6月《がつ》ごろ
発売予定《はつばいよてい》!!
お楽《たの》しみに★

チーム怪《かい》盗《とう》
JET
ジェット
王子《おうじ》とフリョーと、
カゲうすい女子《じょし》!?
一ノ瀬三葉《いちのせみよ》・作
うさぎ恵美《えみ》・絵
海藤《かいとう》 朔《さく》
中《ちゅう》1。短気《たんき》でぶっきらぼう。身体能力《しんたいのうりょく》が高《たか》い。
浦方灯里《うらかたあかり》
中《ちゅう》1。極度《きょくど》にカゲがうすい。おひとよし。

スピード感《かん》あふれる超《ちょう》★怪盗《かいとう》コメディ。

絶《ぜっ》賛《さん》発《はつ》売《ばい》中《ちゅう》!!

ヤマト「とつぜんだけど、この3人《にん》でチームを組《く》みたいと思《おも》う」
アカリ「ム、ムリだよ！」
サク「おい、なに勝手《かって》にきめてんだ！」
——最悪《さいあく》のチームワークから、ミッション・スタート!?

橘《たちばな》 大和《やまと》
中《ちゅう》1。学園《がくえん》の王子《おうじ》。頭《あたま》がキレる、GB《ジービー》怪《かい》盗事務所《とうじむしょ》の所長《しょちょう》。

GB《ジービー》＝GetBack《ゲットバック》（とられたものをとりかえす）という意味《いみ》。

JET《ジェット》＝アカリたちのチーム名《めい》／黒玉《こくぎょく》という漆黒《しっこく》の宝石名《ほうせきめい》。

ある依頼《いらい》があって、GB怪盗事務所《ジービーかいとうじむしょ》をおとずれた、アカリ。そこにはなぜか学園《がくえん》の王子《おうじ》・ヤマトと口《くち》の悪《わる》いサクがいて?? しかも、アカリは「カゲがうすい」ことを買《か》われ、3人《にん》で怪盗《かいとう》チームを組《く》むはめに!?

ユニークな八《はち》の字《じ》模様《もよう》のせいで
“こまり顔《がお》” といわれるハチは、幸運《こううん》の招《まね》き猫《ねこ》として
全国《ぜんこく》に知《し》られています。一方《いっぽう》で、飼《か》い猫《ねこ》なのに「ひとり暮《ぐ》らし」、
昼間《ひるま》はたばこ店《てん》で「アルバイト」と、生活《せいかつ》はナゾめいていて!?
２度《ど》の脱走《だっそう》、にせものハチの出現《しゅつげん》、そして、病気《びょうき》にたおれた飼《か》い主《ぬし》——。
誰《だれ》も知《し》らなかった、ハチと飼《か》い主《ぬし》、たばこ店店主親子《てんてんしゅおやこ》の絆《きずな》を描《えが》いた、
ドラマいっぱいの感動物語《かんどうものがたり》！

ハチが、お話《はなし》になった!!!

なる実績《じっせき》

プロフィール

名《な》　前《まえ》：ハチ（♀）
生年月日《せいねんがっぴ》：2011年《ねん》4月《がつ》8日《か》
住《す》まい：茨城県水戸市《いばらきけんみとし》
好《こう》　物《ぶつ》：カリカリ
特《とく》　徴《ちょう》：八の字《じ》まゆ毛《げ》、
背中《せなか》のハートマーク
特《とく》　技《ぎ》：福《ふく》まねき、店番《みせばん》
飼《か》い主《ぬし》（パパ）：前田陽一《まえだよういち》
ナ　ゾ：飼《か》いねこなのに
「ひとり暮《ぐ》らし」、昼間《ひるま》は
たばこ店《てん》で「アルバイト」

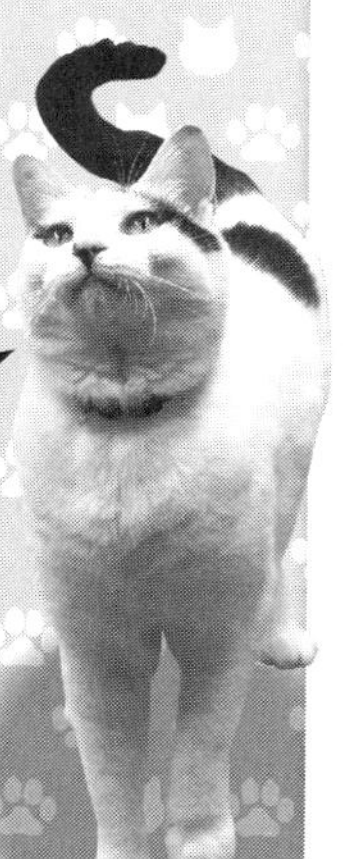

志望校合格《しぼうこうごうかく》!!!

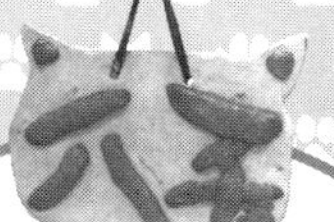

こまり顔《がお》の
看板猫《かんばんねこ》！
ハチの物語《ものがたり》
にしまつひろし・写真《しゃしん》／文《ぶん》

ハ《はち》の字《じ》まゆ毛《げ》の猫《ねこ》・

幸《こう》運《うん》の招《まね》き猫《ねこ》★カレイ

縁《えん》結《むす》び！

宝《たから》くじ当選《とうせん》!!

「みらい文庫《ぶんこ》」読者《どくしゃ》のみなさんへ

言葉《ことば》を学《まな》ぶ、感性《かんせい》を磨《みが》く、創造力《そうぞうりょく》を育《はぐく》む……、読書《どくしょ》は「人間力《にんげんりょく》」を高《たか》めるために欠《か》かせません。たった一枚《いちまい》のページをめくる向《む》こう側《がわ》に、未知《みち》の世界《せかい》、ドキドキのみらいが無限《むげん》に広《ひろ》がっている。これこそが「本《ほん》」だけが持《も》っているパワーです。

学校《がっこう》の朝《あさ》の読書《どくしょ》に、休《やす》み時間《じかん》に、放課後《ほうかご》に……。いつでも、どこでも、すぐに続《つづ》きを読《よ》みたくなるような、魅力《みりょく》に溢《あふ》れる本《ほん》をたくさん揃《そろ》えていきたい。読書《どくしょ》がくれる、心《こころ》がきらきらしたり胸《むね》がきゅんとする瞬間《しゅんかん》を体験《たいけん》してほしい、楽《たの》しんでほしい。みらいの日本《にほん》、そして世界《せかい》を担《にな》うみなさんが、やがて大人《おとな》になった時《とき》、「読書《どくしょ》の魅力《みりょく》を初《はじ》めて知《し》った本《ほん》」「自分《じぶん》のおこづかいで初《はじ》めて買《か》った一冊《いっさつ》」と思《おも》い出《だ》してくれるような作品《さくひん》を一所懸命《いっしょけんめい》、大切《たいせつ》に創《つく》っていきたい。

そんないっぱいの想《おも》いを込《こ》めながら、作家《さっか》の先生方《せんせいがた》と一緒《いっしょ》に、私《わたし》たちは素敵《すてき》な本作《ほんづく》りを続《つづ》けていきます。「みらい文庫《ぶんこ》」は、無限《むげん》の宇宙《うちゅう》に浮《う》かぶ星《ほし》のように、夢《ゆめ》をたたえ輝《かがや》きながら、次々《つぎつぎ》と新《あたら》しく生《う》まれ続《つづ》けます。

本《ほん》を持《も》つ、その手《て》の中《なか》に、ドキドキするみらい――。

本《ほん》の宇宙《うちゅう》から、自分《じぶん》だけの健《すこ》やかな空想力《くうそうりょく》を育《そだ》て、〝みらいの星《ほし》〟をたくさん見《み》つけてください。

そして、大切《たいせつ》なこと、大切《たいせつ》な人《ひと》をきちんと守《まも》る、強《つよ》くて、やさしい大人《おとな》になってくれることを心《こころ》から願《ねが》っています。

2011年《ねん》　春《はる》

集英社《しゅうえいしゃ》みらい文庫編集部《ぶんこへんしゅうぶ》